Caminhos Fantásticos

Alícia Azevedo • Andrio J.R. dos Santos
Antônio Augusto Fonseca Jr. • Bruno Schlatter
Christian David • Daniel L. Werneck
Fernando Salvaterra • Helena Gomes
Khatia Brienza • Marco Rigobelli
Madô Martins • Maria Apparecida S. Coquemala
Marlon Teske • Raphael Draccon

Organizado por Tiago Lobo

JAMBÔ
Livros divertidos

Porto Alegre
2012

Caminhos Fantásticos

Créditos

Edição: Tiago Lobo
Revisão: Gustavo Brauner
Projeto Gráfico e Diagramação: Tiago Lobo
Tradução de *A Pequena Branca de Neve*: Tiago Lobo
Arte da Capa: Patricia Knevitz e Úrsula Dorada
Editor-Chefe: Guilherme Dei Svaldi

Rua Sarmento Leite, 627 • Porto Alegre, RS
CEP 90050-170 • Fone/Fax (51) 3012-2800
editora@jamboeditora.com.br • www.jamboeditora.com.br

1ª edição: janeiro de 2012
ISBN: 978858913472-9

Dados Internacionais de Catalogação na Publicação
Bibliotecária Responsável: Denise Selbach Machado CRB-10/720

C183 Caminhos fantásticos / Tiago Lobo (organizador); capa de Patricia Knevitz; revisão de Gustavo Brauner. -- -- Porto Alegre: Jambô, 2012.
232p.

1. Literatura brasileira. I. Lobo, Tiago.

CDU 869.0(81)

Sumário

Prefácio

O fantástico é um gênero literário que abriga em seu seio generoso todas as narrativas em que os autores tentam ultrapassar as fronteiras do real. Há escritores que se aventuram nas plagas do sobrenatural, em busca do mágico ou do fantasmagórico; os que revisitam a história, criando realidades alternativas para o passado; os que usam a fantasia para ironizar sociedades injustas; os que manifestam sua indignação com a crueldade e a tirania humanas castigando, na ficção, tiranos cruéis — que, infelizmente, por mais ficcionais que sejam, não se afastam muito dos líderes corruptos que existiram (ou existem, ainda) neste nosso mundo.

A antologia de contos que temos em mãos, organizada pelo jovem Tiago Lobo, apresenta vários exemplos do exercício de liberdade que é a narrativa fantástica.

Histórias de guerra, de vingança, de amor e de magia; de encantamentos que cobram altos preços, de criaturas ambiciosas que fariam qualquer coisa para obter poder; e de outras que, ao perceber a futilidade de tal demanda, renunciam ao poder e buscam a redenção. Gárgulas ganham voz e mortos voltam à vida; guerreiros erguem espadas e lanças para travar batalhas perdidas; dragões aterrorizam, zumbis se multiplicam.

No Prado

Maria Aparecida S. Coquemala

Ainda me pergunto o que aconteceu no Museu do Prado, na Espanha. A existência redefinindo-se em paragens a que, conscientes, não temos acesso? Maquinação de Julian? Confusão mental, fruto do meu estresse naquele momento? Busco respostas. Mas, o que quer que tenha acontecido, onde quer que Velásquez esteja, sinto por vezes sua presença. Velásquez, personagem desta narrativa, com quem vivi alguns dos fantásticos momentos que passo a descrever.

Estava em Madri, no Prado, entre centenas de desconhecidos, separada do meu grupo de turistas, que tinha preferido ir às compras. Uma viagem de férias para descansar do trabalho exaustivo dos últimos meses. Apreciava naquele momento a famosa tela de Velásquez, *Las Niñas*. Nela, o casal real, o próprio pintor, a pequena princesa entre meninas bonitas e a mulher anã, mulher feia, muito feia.

Curiosa, me perguntava o que levara Velásquez a retratá- la. Atendimento a um pedido real, homenagem à beleza da alma da mulher? Não, não. Um belo espírito não residiria em tal feiúra de corpo, eu refletia exagerada, simultaneamente começando a rir. Tentava disfarçar a risada, constrangida, quando alguém me abordou. Era Julian, turista como eu. Também apreciava *Las Niñas*, mas quando percebeu meu riso, ficara curioso. Era um apreciador das Artes, conforme me foi contando, estudava pintura, já tivera algumas telas expostas na sua cidade. Poderia guiar-me pelo Prado, seria um prazer, trocaríamos impressões. Até poderíamos rir juntos, gracejava ele. Aceitei, agradecida.

O Prado dispõe de coleções de pinturas do mundo todo, abrangendo diferentes épocas e estilos. Levada pela curiosidade despertada por professores, quando a descreviam como um tempo de bruxas queimando em fogueiras, mosteiros, cristãos e infiéis se defrontando nas Cruzadas, cadáveres pendentes em forcas rodeados de urubus, a peste negra, opressão, fanatismo, propus começarmos pela Idade Média... À medida que as telas se sucediam, Julian me falava do comprometimento da Arte medieval com a difusão do Cristianismo, um meio encontrado pela Igreja para divulgação de seus valores junto ao povo.

E assim, chegamos à *Descida da Cruz* de Van Der Weyden, quando comecei a me sentir confusa, já não sabia onde me encontrava, me via vestida como aquelas sofridas mulheres da tela, angustiada, no silêncio de uma catedral, à luz de velas. Julian me tirou de lá, mudo de espanto. Tentávamos caminhar por uma rua estreita, vendo baratas e ratos se esgueirando entre míseras habitações, quando passou um pequeno grupo encapuzado, ateando fogo em corpos mortos, cobertos de bolhas de sangue e pus. Entendi de imediato: a peste negra! Transmitida através da picada de pulgas de ratos doentes. Eu sabia que, contaminada, a pessoa tinha poucos dias de vida.

Continuamos com grande dificuldade, quase nos arrastando, sentindo o cheiro dos cadáveres em decomposição, vendo outros queimando e a fuga desesperada dos que já nem sabiam que direção tomar. Pedimos ajuda a alguns mendigos, Julian começava a sentir febre, bolhas surgiam e se espalhavam pelo corpo. E a terrível imposição a mim mesma: arrancá-lo da morte, salvar-nos, voltar ao nosso tempo, ao nosso mundo. Mas, como? Tentei explicar aos mendigos, éramos de outro tempo, ali trazidos sem saber como nem por quê, mas atribuíam a doença a fatores pecaminosos. Julian estava pagando pecados. Então a vi. Era ela, a anã de *Las Niñas*. Que me olhava vesga, ar escarninho, balançando a cabeça, até cair na gargalhada. Fugira do Prado? E arrastara-me com Julian? Imediatamente me lembrei dos meus pensamentos frente à tela. Estaria pagando pelo julgamento de um ser humano pelas exterioridades?

Desesperada, tentava fugir dali quando anjos e demônios me rodearam e começaram a se defrontar como se materializassem minhas virtudes e meus pecados, agora tão nítidos, uma verdadeira guerra travando-se perante meus olhos, era eu contra eu mesma me despedaçando. Dores terríveis tomavam meu corpo, pressenti a morte. Nesse momento, Velásquez foi entrando, vagaroso, anjos e demônios se esvaíram, me abraçou. Compadecido, chorou comigo. E de repente, estávamos outra vez em frente à *Las Niñas*, na sala do Prado.

Lentamente, Velásquez pegou pincéis e tintas e começou a destruir sua tela mais famosa... Horrorizada, tentava impedi-lo, quando me vi de novo em frente à *Descida da Cruz*. Julian, solícito, me perguntava se estava bem, lhe parecia que eu tivera um pequeno desfalecimento. Atordoada, me desculpei, não me sentia mesmo bem, queria voltar ao hotel.

A propósito, me contou que corria a lenda segundo a qual a anã punia com castigos medievais os que a menosprezavam em frente à tela. Julian chamou um táxi, nos despedimos e nunca mais soube dele.

Só no dia seguinte me dei conta do sumiço do colarzinho de pérolas que eu usava no Prado, uma joia rara e valiosa, relíquia de família.

Até hoje me pergunto se Julian o roubou depois de provocar meu desfalecimento, me fazendo aspirar algo que me fez "viajar" pelos horrores do passado, ou se o perdi e nem me dei conta. Ou se... Se...

Voltei anos depois ao Prado. Voltei à tela de *Las Niñas*. Não tive coragem de encarar a anã. Mas encarei Velásquez. Que sorriu para mim...

A Noite dos Quatro Imperadores

Daniel L. Werneck

Que Deus tenha piedade de nossas almas.

O sangue de crianças ainda corre em meu escudo, enquanto os gritos de mulheres e os gemidos de velhos ecoam em meus ouvidos, deixando-me fraco e apavorado, congelado no tempo, recusando-me a acreditar no que aconteceu.

✦

Corria o ano 1199 da Graça do Nosso Senhor Jesus Cristo. Eu era um jovem soldado que trabalhava na lavoura com meus pais, e como auxiliar de cavaleiros quando possível. O conde Teobaldo de Montferrat havia organizado um torneio de cavalaria em seu castelo de Ecry-sur-Aisne, e no dia 28 de novembro lá estava eu para assistir às lutas e, quem sabe, conseguir algum trabalho. Consegui um melhor do que jamais poderia ter imaginado: durante o torneio, descobri que o Santo Papa Inocêncio III havia publicado uma série de encíclicas papais conclamando a todos os guerreiros de França para que partíssemos com destino ao Egito, para lutar contra as hordas de infiéis a caminho da Terra Santa.

A princípio alguns nobres não gostaram da notícia, mas naquele torneio estavam reunidos os mais bravos guerreiros de nossa nação, e nenhum deles se acovardaria diante de um chamado de Deus. Ali eles se reuniram, e juraram defender a Cruz de Nosso Senhor Jesus Cristo, elegendo o conde Teobaldo como seu líder.

Findo o torneio, voltei até a minha vila, e conversei longamente com meus pais sobre o assunto. Concordamos que um chamado do Papa não era algo para ser ignorado, e que não havia causa mais nobre que aquela. Os meses se passaram, e meditei longamente sobre aquilo. Conversei com nosso padre diversas vezes, li e reli vários trechos da Bíblia em busca de uma confirmação. Seria mesmo aquele o caminho que eu deveria seguir? Eu era jovem, forte, e queria conhecer o mundo. Não havia outra maneira de fazer isso senão lutando pelo meu país e meu Deus em nome de nossa fé.

Sentado na porta de casa, descansando após um dia de trabalho duro na terra, observei meu pai arrastar os pés cansados pela terra dura, carregando sobre as costas velhas e curvadas uma velha enxada. O sol se punha no céu alaranjado, e os pássaros começavam a voar por entre as árvores, anunciando o cair da noite. Meu irmão trouxe o cavalo de volta para o estábulo, e naquele final de tarde eu finalmente me convenci. Senti um dever patriótico, vendo ali os meus pais, meus irmãos, nossa pequena cabana, os campos esperando para serem arados. Pensei no quão importante seria para todos eles, e até mesmo para minha vila como um todo, que eu seguisse até a Palestina para libertar a Terra Santa e devolvê-la aos cristãos dignos de fé. Saber que Jerusalém pertencia novamente ao novo povo traria um grande significado para a vida de todos eles.

Alguns dias depois, preparei minhas coisas e comecei uma viagem de cidade em cidade, procurando outros soldados que fossem se juntar à Cruzada. Aos poucos a caravana foi tomando vulto, e já éramos mais de dez quando chegamos a Champagne. No entanto, ao chegarmos lá, descobrimos que, infelizmente, o conde Teobaldo havia falecido recentemente. O novo líder da Quarta Cruzada seria Bonifácio, o Marquês de Montferrat, primo de Balduíno e irmão de Conrado, que haviam sido Reis de Jerusalém.

Fomos caminhando até Montferrat, e lá chegando tivemos uma visão emocionante. Milhares de rapazes e homens, acampados em torno do castelo, esperavam o dia de partir. Dava gosto ver tantos homens unidos em torno de um ideal tão nobre e sagrado quanto aquele.

A jornada até o Egito seria bastante longa e complicada, ainda mais com tantos homens e cavalos. Seria necessária uma imensa frota de navios para nos levar através do Mar Mediterrâneo até o delta do Rio Nilo. O único porto ocidental que daria conta dessa tarefa hercúlea era o de Veneza. Assim começou a primeira viagem de nossa aventura, marchando até a cidade italiana atrás de nossos líderes.

Bonifácio, Marquês de Montferrat, e os demais nobres que chefiavam a expedição, negociaram com Enrico Dandolo, o Doge de Veneza, as condições para o nosso transporte marítimo. O Doge ofereceu transporte ao custo de 5 marcos para cada um de nossos 4.500 cavalos, e 2 marcos para cada um de nós, 30.000 homens.

O plano de nossos líderes era iniciar a invasão da nação inimiga pelo porto de Alexandria, pois o mesmo se encontrava enfraquecido devido a batalhas recentes e era o principal porto oriental do Mar Mediterrâneo, proporcionando também acesso ao Oceano Índico. No entanto, alguns nobres e cavaleiros discordaram desses planos, temendo os custos desse débito, e decidiram partir rumo à Síria, marchando por terra com suas próprias provisões.

Cego pela fé em meus líderes, decidi ficar em Veneza e aguardar. Hoje percebo que, naquele momento, Deus iria preferir que eu me juntasse aos flamengos e seguisse João de Nesle até Acre, ou marchado até o porto de Marseilles, de onde alguns outros cavaleiros partiram diretamente para o Egito. Mas ilhado em São Nicolau junto a tantos outros soldados, perdido entre boatos e desinformação, era impossível tomar qualquer decisão sensata. As notícias chegavam aos poucos, e era impossível saber o que era verdade.

Os dias passavam, e vários nobres e cavaleiros que deveriam chegar a Veneza não apareceram. Sua ausência começou a pesar muito no orçamento da expedição, e nossos líderes perceberam que não teriam recursos para pagar os venezianos pelas provisões, navios e soldados que haviam encomendado.

Quando os navios estavam quase prontos, os líderes da Cruzada coletaram o dinheiro dos cavaleiros e nobres reunidos na ilha, sabendo que não seria suficiente. Ficaram faltando 34.000 marcos. E todos sabem que um cavaleiro nunca falta com a palavra. Foi assim que começou a crise que culminou na grande tragédia da minha vida. Tudo para manter um acordo comercial.

Pressionados pelo doge de Veneza, os líderes da Cruzada foram obrigados a fazer uma escolha perigosa. Em pagamento pela dívida contraída por nossos líderes, Dandolo queria que nosso exército retomasse a cidade de Zara, que havia sido conquistada pelos húngaros e era a principal rival econômica de Veneza naquela região. O problema é que Zara era também uma cidade cristã, e seria absurdo que uma Cruzada organizada pelo Santo Papa em pessoa atacasse uma cidade que não pertencesse aos infiéis. Matar nossos irmãos de fé seria um grave atentado a tudo o que a Cruzada representava.

Ao saber da proposta, o Papa enviou uma carta alertando a todos nós que qualquer homem que ousasse participar de um ataque à cidade de Zara seria excomungado da Igreja. Todos nós éramos homens de fé, e a excomunhão era nosso pior pesadelo — pior até do que a morte. Mas presos naquela ilha, em terra estrangeira, tínhamos que fazer exatamente o que o Doge ordenava, ou o suprimento de água potável e comida poderia ser cortado. Era uma questão não apenas política e espiritual, mas também de sobrevivência.

Frustrados pela situação e temendo pelo destino de nossas almas, partimos com destino a Zara em meados de outubro de 1202. No dia 11 de novembro, desembarcamos na costa próxima às muralhas e iniciamos os preparativos para o ataque, sob as ordens de nossos envergonhados senhores. No dia 24 de novembro a cidade caiu e foi logo saqueada em nome de Veneza. Igrejas foram invadidas e relíquias de ouro foram roubadas; uma atrocidade que só poderia ser cometida em nome da ganância, e nunca da fé.

Com o início de Dezembro se aproximando, o inverno ficou cada vez mais rigoroso, e acabamos gastando quase todo o dinheiro do saque comprando comida para milhares de homens, tornando o ataque a Zara quase inútil. Após tanta confusão, ainda não tínhamos dinheiro suficiente para co cretizar nosso plano original. A única boa notícia era que, após ouvir as explicações dos líderes da Cruzada, o Papa voltou atrás na decisão de nos excomungar, e poderíamos passar o Natal sem temer pelo destino de nossas almas.

Enquanto aguardávamos novas ordens, nosso grande líder Bonifácio viajou até a Germânia, onde passou o Natal na corte do rei Felipe da Suábia. Essa visita cordial acabou por dar início àquela que foi a nossa grande e verdadeira tragédia. Tudo começou quando, na côrte do rei Felipe, o senhor Bonifácio conheceu um jovem chamado Alexius Angelus, irmão da rainha Irene Angelina e cunhado de Felipe. O pai de Angelina e Alexius, Isaakios II, havia sido deposto do trono de Bizâncio por seu filho Alexius III, tio de Alexius Angelus e Angelina. Angelus havia conseguido fugir da prisão, e queria que a justiça fosse feita, com a devolução do trono bizantino ao seu pai.

Quando Bonifácio voltou, fomos comunicados de mais uma mudança de planos e de trajeto. Convencidos a ajudar Alexius Angelus em troca de mais dinheiro, nossos líderes ordenaram que fôssemos até Constantinopla, capital do Império Bizantino, e destronássemos Alexius III, recolocando Isaakios II em seu lugar. Em troca, Alexius Angelus e Isaakios nos emprestariam mais 10.000 soldados, e pagariam 200.000 marcos retirados do tesouro de Bizâncio para que pudéssemos finalmente pagar nossa viagem até o Egito.

Partimos de Zara em 4 de maio de 1202 e passamos quase dois meses viajando, com inúmeras paradas e interrupções. Ao nos aproximarmos do porto de Constantinopla, havia o perigo de sermos atacados pela marinha bizantina, mas para nossa sorte o governo de Alexius III era tão incompetente que as forças armadas bizantinas eram apenas uma sombra do que já haviam sido. Desembarcamos na costa ocidental do estreito de Bósforo e seguimos sem resistência até as muralhas de Chalcedon, uma pequena cidade cujas defesas caíram facilmente diante de nossa superioridade bélicaMarchamos então até Crisópolis, onde o saque prosseguiu com tranqüilidade.

Finalmente apareceram quinhentos cavaleiros vindos de Constantinopla para averiguar o que estava acontecendo, já que nenhuma guerra havia sido declarada, mas bastaram 80 dos nossos cavaleiros para botá-los para correr.

Os preparativos foram longos e a ansiedade crescente entre os soldados deixava o clima tenso. Mas após vários dias de discussão, finalmente iniciaram-se os ataques.

Seguiu-se então a nossa primeira investida contra as muralhas de Constantinopla. O Doge Dandolo e o marquês de Montferrat embarcaram em um dos navios venezianos, juntamente com Alexius Angelus, enquanto o restante de nós embarcou nos outros quatroecntos e cinquenta navios que nos levaram até o ponto mais próximo da cidade que se podia chegar sem que fôssemos afundados pelas catapultas. Nossos líderes então apresentaram o jovem Alexius na proa do navio, e um deles fez um pequeno discurso dirigido à população que nos obsevava do alto das muralhas:

— Vejam aqui o seu líder natural, e que se faça saber que não viemos aqui com a intenção de machucá-los, mas para protegê-los e defendê-los, desde que voltem todos para seus afazeres. Pois aquele que agora obedecem governa em nome de tudo que é errado e mau, contra Deus e o bom senso. E sabeis muito bem que ele agiu mal contra aquele que é seu líder e irmão. Aqui está seu legítimo herdeiro. Se o aceitarem, farão a coisa certa; e se não o aceitarem, faremos contra vocês o pior que pudermos.

Temendo represálias do tirano Alexius III, os gregos ignoraram nossa ameaça, e começaram a atirar pedras do alto das muralhas. A mensagem era clara, e nossos líderes não tiveram dúvidas sobre o que iriam fazer em seguida.

Formou-se então um parlamento de cavaleiros, que, ainda montados em seus cavalos de guerra, decidiram a estratégia a ser seguida. Balduíno de Flandres foi eleito para liderar a vanguarda, pois tinha muitos homens bem preparados, arqueiros e besteiros, mais do que qualquer outro chefe do grupo. Seu irmão Henrique, Mateus de Wallincourt, Balduíno de Beauvoir e vários outros formariam a segunda divisão. A terceira viria com o conde Hugo de São Paulo, Pedro de Amiens e outros cavaleiros franceses. A quarta divisão seria liderada pelo Conde Louis de Blois e Chartres, e era um grupo muito grande e poderoso. A quinta divisão seria comandada por Mateus de Montmorency e seus valorosos soldados e cavaleiros de Champagne. Na sexta divisão viriam os soldados de Burgúndia, assim como Odo Champenois de Champlitte, seu irmão Guilherme, Guy de Pesmes e seu irmão Edmundo, Oto de La Roche, Ricardo de Dampierre, e

Guy de Conflans. A sétima e última divisão formaria a nossa retaguarda. Era um grupo muito grande e viria sob o comando do Marquês de Montferrat. Estavam nela os Lombardos, Toscanos e Germanos, e todos que vieram das terras entre Mont Cenis e Lyons.

Eu me via perdido entre tantos nomes. Nobres e pobres, cavaleiros e soldados, todos nos movíamos como que por instinto ou impulso, levados pelas circunstâncias e pelos acontecimentos. Depois de tantos meses juntos, era difícil lembrar que havia uma vida fora da Cruzada, e já nos encontrávamos naquele estado mental típico dos soldados que não sabem mais diferenciar a guerra da vida real.

Finalmente chegou o dia do primeiro ataque. Acordamos cedo e nos dividimos em grupos para ouvir os clérigos e padres que nos acompanhavam. Cada um de nós se confessou e recebeu o perdão, garantindo o futuro de nossas almas caso tombássemos durante a batalha. Confessamos nossos pecados e também ditamos nossos testamentos, pois ninguém sabe qual é a vontade de Deus para si, e depois que a batalha começasse, qualquer um de nós poderia morrer a qualquer momento.

Com o sol ainda nascendo no horizonte, os cavaleiros embarcaram primeiro. Tomamos nossos lugares nas galés venezianas, que estavam preparadas para atacar, e atravessamos o canal. Podíamos avistar ao longe as tropas do Imperador Alexius.

Aportamos próximos às muralhas, e ao soar das trompas os cavaleiros desceram dos navios, desmontados, carregando apenas suas lanças. Com água pela cintura, eles correram o mais rápido possível para a terra. Os arqueiros e besteiros se posicionaram o melhor que puderam, e o resto de nós avançou a pé, seguindo os cavaleiros.

O conde Balduíno e sua guarda avançou primeiro, e as demais hostes seguiram em direção à torre de Galata, nosso primeiro alvo. Era lá que ficava presa uma enorme corrente de ferro que atravessava todo o porto de Constantinopla, impedindo a entrada de navios clandestinos ou inimigos. A corrente foi solta, e assim as galés venezianas entraram no porto, chegando mais perto ainda da cidade.

Avançamos pela praia em direção aos soldados gregos. Começou então o ruído ensurdecedor de dezenas de milhares de homens gritando rumo ao combate. Alguns fugiram correndo. Outros tantos tentaram voltar para as pequenas embarcações que os haviam trazido, e muitos desses morreram afogados em meio à confusão. Os que voltaram por terra tentaram fechar o grande portão do castelo onde ficava a torre, mas conseguimos impedi-los e invadimos a torre, tomando como prisioneiros todos os sobreviventes dessa batalha.

Enquanto isso, a poderosa armada veneziana invadia o Porto do Chifre Dourado, destruindo as embarcações que pudessem oferecer algum risco, e capturando as demais.

Assentamos um acampamento próximo à torre, longe do alcance das catapultas da cidade. Com a costa livre, os marinheiros aportaram e desceram as pontes, por onde descarregaram os cavalos e as escadas.

No dia seguinte, os cavaleiros e nobres discutiram os últimos detalhes antes do ataque à cidade. Os venezianos preferiam atacar pelo mar, enquanto nós preferimos atacar por terra. Ficou então decidido que ambos os ataques ocorreriam ao mesmo tempo, visando à muralha central da cidade, *Xylokerkos*, onde ficava a famosa *kerkoporta*, um portão colossal esculpido por artesãos sérvios de Belgrado, por onde, segundo a lenda, o Barba Ruiva invadiria a cidade derrubando Isaakios II do poder.

Após quatro dias de preparativos, nos pusemos em marcha rumo ao palácio de Blaquerna, que seria o centro de comando da invasão. Os navios entraram pelo porto, e nos encontramos no final dele, onde havia o delta de um grande rio. Os gregos em fuga haviam destruído a única ponte que permitia atravessar o rio sobre a água, e levamos o resto desse dia e boa parte da noite reconstruindo a ponte.

Graças a Deus, não fomos atacados durante todo esse período, e avançamos facilmente até o palácio de Blaquerna e a abadia de Boemond, cujas paredes e muralhas nos ofereciam abrigo. Ali montamos nossas tendas e pavilhões. Podíamos avistar claramente o fronte das muralhas da cidade, que tinham três léguas de largura, forçando o ataque a acontecer apenas no portão principal da cidade.

Ancoradas próximas a nós, as galés de Veneza preparavam suas manganelas e seus trabucos, e também as escadarias que seriam colocadas contra as paredes da muralha. Os venezianos construíram engenhosas escadarias de madeira que, carregadas e operadas por apenas três homens, permitiam que se passasse do alto dos navios diretamente para o topo das muralhas da cidade, em uma operação audaciosa e perigosa, mas eficaz.

A calma não durou muito tempo. Como já estávamos muito próximos do portão principal da cidade, os gregos decidiram atacar nosso acampamento, e assim correu durante todo o dia, sem intervalos. Foi preciso que todos nós lutássemos juntos por seis ou sete vezes, rechaçando os mercenários de diversas etnias e nacionalidades que os gregos enviavam sobre nós. O portão perto do palácio de Blaquerna era o mais visado, e ali vencemos muitas batalhas em seqüência, perdendo alguns bons cavaleiros mas mantendo nossa superioridade estratégica.

Após alguns dias de batalha acirrada, sem descanso e quase sem comer, finalmente conseguimos avançar em direção ao portão. Os navios penduraram duas de suas escadasem uma barbacã do portal, enquanto no campo de batalha os cavaleiros se dividiam em dois grupos: os soldados da Burgúndia e de Champagne, liderados pelo Marquês de Montferrat, ficaram guardando o acampamento, enquanto as demais divisões seguiram o Conde Balduíno de Flandres em direção a Constantinopla.

Enquanto lutávamos contra os varegues nórdicos nos portões centrais, a barbacã atacada pelos navios era defendida por mercenários ingleses e dinamarqueses, até que alguns cavaleiros e sargentos conseguiram dominar o topo da muralha, permitindo que quinze ou vinte dos nossos soldados subissem também, levando seus machados e espadas para o lado de dentro da muralha. Enquanto isso, os demais navios continuavam atacando com suas manganelas, enquanto os besteiros atiravam dos conveses atingindo os soldados no topo das muralhas e torres.

Liderando sua frota, na proa de uma galé, o Doge Dandolo carregava um estandarte de São Marcos e gritava ordens para seus marinheiros. Quando os navios chegaram próximos à costa e da muralha, ele ordenou que seus homens desembarcassem em solo bizantino. Ao verem aquele velho quase cego descendo do navio e marchando rumo à muralha, os homens dos outros navios seguiram seu exemplo e desembarcaram como puderam.

Para nós que estávamos lutando no solo, foi um grande alívio e uma grande inspiração perceber que no alto de uma das vinte e cinco torres que cercavam a cidade surgiu um estandarte de São Marcos sinalizando a presença dos venezianos. As torres e a muralha estavam tomadas, e nossa entrada na cidade era iminente.

Enquanto isso, do lado de dentro da cidade, Alexius III ordenava a seu povo que nos atacasse com todas as forças de que ainda dispunha. À medida que entrávamos pelo portão, éramos atacados por milhares de mercenários, e logo começou a primeira grande batalha nas ruas de Constantinopla. Em menor número, nossos soldados se refugiaram nos quarteirões próximos ao local da invasão, e incendiaram as casas que nos dividiam do resto da cidade. O fogo logo de alastrou, provocando um incêndio que afugentou os inimigos por algum tempo.

Devido a isso conseguimos nos fortificar atrás de algumas paliçadas improvisadas. Os arqueiros e besteiros se posicionaram na frente. Os soldados gregos chegaram a tentar nos atacar pelos flancos, mas desistiram e bateram em retirada. Aproveitando esse momento de fraqueza das tropas adversárias, nossas hostes marcharam, em passos lentos, seguindo as tropas gregas até um palácio chamado Philopas.

Ao invés de invadir o palácio, fizemos uma pausa para comer e beber o pouco que ainda nos restava de provisões, enquanto nos preparávamos para o que parecia ser a batalha final.

Felizmente, essa batalha sequer precisou acontecer. Enquanto descansávamos e aguardávamos pela próxima ação do exército grego, Alexius III preparava sua fuga, tomando todo o tesouro que podia carregar. Levou consigo em um pequeno navio 10.000 moedas de ouro, alguns membros de sua corte, e sua filha favorita, Irene, deixando para trás os outros filhos, a esposa, o trono, a cidade, e todo o seu império.

Aproveitando a ausência do tirano, os gregos que ficaram na cidade entraram na prisão e resgataram o imperador Isaakios II. Debilitado e cego pelas torturas e maus tratos que havia sofrido nos calabouços, ele foi vestido com seus trajes imperiais e colocado de volta no trono de Constantinopla.

A restauração de Isaakios no trono grego foi comemorada com uma grande festa, que contou com a presença de todos os nobres de nossa Cruzada, dos representantes e do Doge de Veneza, do imperador Isaakios, ricamente vestido e adornado, e de sua esposa, a Imperatriz Consorte Margit, irmã do rei Emerico da Hungria. Sendo eu um mero soldado, não estava presente dentro do palácio, mas hoje sei muito bem como funcionam esses eventos. Todos aqueles que até o dia anterior apoiavam Alexius III se diziam agora fiéis aliados de Isaakios, e teriam feito o mesmo se qualquer outra pessoa tivesse sido colocada naquele trono.

Terminada a festa, continuamos estacionados na cidade, e nossos líderes iniciaram as negociações. Apenas algumas horas depois de ter sido recolocado em seu trono, o imperador Isaakios já estava sendo confrontado pelos nossos líderes, que exigiram o pagamento prometido por Alexius IV. Isaakios prometeu 200.000 marcos de prata, 10.000 homens e 1 ano de provisões, além da possibilidade de termos a frota bizantina à nossa disposição para nos levar até o Egito. Ele assinou um documento e o retificou com o selo dourado oficial do imperador.

Apesar das promessas de Issakios, os Cruzados ainda queriam ver seu imperador-fantoche Alexius Angelus sentado no trono bizantino, e os conselheiros de Constantinopla também não achavam prudente que tamanha responsabilidade fosse colocada sobre um velho cego. Fizeram-se então os arranjos políticos para que Alexius IV fosse entronado imperador junto a seu pai, no dia primeiro de Agosto do ano da graça de Nosso Senhor de 1203, na catedral de Santa Sofia.

Depois da cerimônia, Alexius pediu aos nobres e cavaleiros que mantivessem nossas tropas em seu território pelo menos até março de 1204, para garantir sua posição no trono, já que muitos locais não gostavam dele e nem de nós. Ele então saiu em uma viagem pela Trácia, levando alguns cruzados como escolta, para se reunir com os líderes do império e avisá-los de sua nova condição. Além disso, obviamente, ele também pretendia exigir o pagamento de novos impostos.

✦

Enquanto Alexius estava fora da cidade, a verdadeira catástrofe finalmente teve início. Certo dia, um grupo de soldados bêbados atacou uma mesquita sarracena, bem durante o culto, matando muçulmanos sem aviso ou piedade. Muitos bizantinos vieram em auxílio a seus conterrâneos, enquanto os italianos que moravam na cidade resolveram defender os cruzados. Foi então que a violência fugiu totalmente de controle.

Em meio ao caos, começou um incêndio que durou dois dias e duas noites, matando centenas de pessoas e detruindo uma faixa de cinco quilômetros bem no meio da cidade. Mesmo de longe era possível ver grandes igrejas e ricos palácios pegando fogo, derretendo e desmoronando.

Todos os 15.000 latinos que ainda moravam na cidade, originários de Veneza, Pisa, França e Gênova, pegaram suas famílias e posses e fugiram para buscar refúgio em nosso acampamento do lado de fora.

Durante essa grave crise, Alexius finalmente retornou de sua viagem pela Trácia. Seu velho pai Isaakios não sabia o que fazer. Buscava o auxílio inútil de astrólogos e monges enquanto a cidade queimava e a guerra civil se alastrava, tão violenta quanto o fogo.

Chegou então aos cruzados uma notícia terrível: Alexius IV mandava avisar que os pagamentos prometidos por seu pai não seriam feitos. A notícia logo se espalhou, e alguns soldados começaram a saquear a região em torno da cidade antes mesmo que qualquer decisão fosse tomada por nossos líderes.

Buscando uma solução mais lucrativa, os nobres e cavaleiros foram até o palácio imperial e exigiram que o pagamento fosse feito. Alexius IV voltara da viagem ainda mais arrogante do que de costume, e se recusou a fazer qualquer tipo de acordo. Seus súditos bizantinos, por outro lado, tomaram nossos líderes como arrogantes, julgando sua cobrança como uma grande afronta. Decidiram então declarar guerra à Cruzada.

Não havia o que fazer. Mais uma vez fomos ordenados a atacar a cidade de Constantinopla, sem intenção de preservar nada.

Os bizantinos fizeram o primeiro ataque. Dezessete navios com armas incendiárias atacaram a frota de Veneza ancorada no porto, mas apenas um deles, um navio mercante, foi afundado. Essa derrota naval deixou os gregos ainda mais revoltados, o que provocou uma nova rebelião, dessa vez do povo contra seu novo imperador.

O que se sucedeu foi uma grande confusão política que refletia o delicado momento em que nos encontrávamos. O senado e a corte do império bizantino decidiram apontar um novo imperador, e se reuniram na catedral de Santa Sofia para discutir o que fazer. Depois de três dias de debates, escolheram o nobre Nicholas Canobus, contra sua vontade, e determinaram que Alexius IV fosse deposto.

Ao saber desses planos, Alexius Ducas, um dos filhos de Alexius III que havia ficado na cidade, aproveitou a crise para colocar em ação um plano muito astuto. Aproximando-se do palácio imperial, ele mentiu à guarda dizendo que havia uma multidão vindo na direção do palácio. Preocupados, os guardas se distraíram com os preparativos para o combate, enquanto Ducas convencia Alexius IV a fugir. Alexius não viu outra alternativa e decidiu escapar, mas os aliados de Ducas já o estavam esperando nas ruas da cidade. Depois de capturá-lo, eles arrancaram seus trajes imperiais e o trancafiaram no mesmo calabouço onde seu pai havia estado a apenas algumas semanas antes.

Quando essa notícia chegou aos ouvidos dos senadores revoltosos, eles abandonaram a ideia de empossar Canobus e passaram a apoiar o novo imperador Alexius Ducas. Em uma questão de horas, Constantinopla perdeu seus dois imperadores, pai e filho, teve um terceiro imperador eleito contra sua vontade, e viu um quarto imperador, filho abandonado do tirano deposto, subir ao trono bizantino.

No dia seguinte, Ducas foi coroado em Santa Sofia pelo patriarca de Constantinopla. Alexius IV foi tirado do calabouço e enforcado sem cerimônia. Seu velho pai não aguentou e morreu de desgosto.

O novo imperador ordenou a seus súditos que formassem grupos de trabalho para fortificar as muralhas e torres que ficavam próximas ao cais do porto. O povo aceitou suas ordens, acreditando que agora tinham uma chance real de resistir aos nossos ataques. A guarda varegue também decidiu apoiar o novo imperador, e logo o que havia sobrado dos exércitos bizantinos estava pronto para nos enfrentar novamente.

Enquanto isso, no acampamento, recebemos a notícia de que os cruzados que foram sozinhos para a Síria haviam sido mortos pelos exércitos sarracenos, e nossos planos de invadir o Egito pareciam ainda mais distantes e menos atraentes. Mas mesmo assim, os venezianos ainda tinham dívidas para cobrar dos franceses, e por isso o Doge Dandolo havia se tornado o verdadeiro líder da Cruzada. Ele decidiu que o próximo ataque seria todo feito pelo mar, com navios emparelhados dois a dois.

No dia 9 de abril de 1204, o ataque começou. No entanto, as novas defesas da cidade se mostraram eficientes, pois as torres eram altas demais para as escadas dos navios. Em terra, os cruzados empurraram suas grandes e pesadas armas de cerco através das poças de lama, mas as catapultas bizantinas foram mais eficazes e as destruíram todas, provocando uma debandada do nosso lado.

Depois de dois dias de reparos nos navios e preparação dos soldados, atacamos novamente no dia 12. A estratégia seria semelhante à anterior, e o resultado também seria o mesmo se não fosse por um vento providencial, enviado por Deus, que veio soprando do norte e levou os navios de Veneza próximos o suficiente da muralha para que usassem suas escadarias.

A guarda varegue recuou e chegamos até um dos portões de acesso da cidade. A reticência do imperador Ducas em enviar sua guarda pessoal para a batalha permitiu que sessenta de nossos homens conseguissem invadir a cidade. Eles abriram um portão maior e isso permitiu que os cavaleiros montados conseguissem invadir Constantinopla.

Quando a noite caiu, as torres e muralhas do norte estavam tomadas pelos venezianos, e as ruas daquela região eram controladas pelos cruzados. Parecia que a batalha ainda levaria semanas, ou até meses, e teríamos que conquistar a cidade rua a rua, casa a casa. Mas após ver suas famosas muralhas invadidas, a população de Constantinopla se deu por derrotada, e o exército bizantino estava desmoralizado. A guarda varegue não tinha homens suficientes para deter nossa invasão, e o imperador Ducas finalmente se deu por vencido, fugindo da cidade escondido sob o manto escuro da noite.

No dia seguinte, acordamos preparados para mais uma batalha, mas descobrimos que a cidade havia se entregado.

O que parecia o início de uma paz preciosa foi apenas o prenúncio da maior tragédia que meus olhos já presenciaram. Depois da rendição de Constantinopla, começou o saque à cidade mais rica de toda a Europa. Pressionados por anos de combates infrutíferos, nossos soldados fugiram totalmente do controle. Milhares de civis indefesos foram mortos. Mulheres foram estupradas e mortas, e nem mesmo freiras escaparam desse destino terrível. Igrejas, mosteiros e conventos foram atacados e saqueados. Altares cristãos foram destruídos e seu ouro e mármore foram arrancados por nossos soldados, eles mesmos cristãos que juraram por suas almas defender a fé de Nosso Senhor Jesus Cristo. Entorpecidos pela matança, ignoravam os ensinamentos do evangelho, e agiam como animais.

Na catedral de Santa Sofia, obras de arte de valor incalculável foram destruídas e saqueadas apenas por seu valor como matéria prima bruta. Assim como aconteceu com diversas outras, uma estátua de Hércules, moldada em bronze pelo famoso Lysippus, escultor oficial da corte de Alexandre, foi derretida como se fosse um ferro velho qualquer.

Ao perceber o absurdo e a escala daquela tragédia, fiquei paralisado por alguns minutos. Não havia absolutamente nada que eu pudesse fazer para interromper aquela catástrofe. Milhares de homens que se diziam civilizados e crentes na fé cristã estavam se comportando como os mais sanguinários bárbaros das antigas lendas. O que diriam Átila e Genghis Khan se visse aquela cena grotesca? Na certa ririam de nossas crenças e de nossa fé, questionando o valor de nossa moral.

Muitos anos se passaram desde então, e hoje posso afirmar que aqueles foram os melhores e piores anos da minha vida. Aquilo que nasceu como uma iniciativa positiva em nome de tudo o que de mais puro e belo Deus representa se tornou uma matança cruel e inglória em nome da ganância e dos instintos mais primitivos do ser humano. Como se não bastasse a crua maldade daquele massacre, alguns eventos que vieram depoisme deixaram ainda mais abismado em relação à Cruzada.

Algumas semanas depois da tragédia, uma eleição arranjada pelo Doge Dandolo escolheu quem seria o próximo imperador bizantino. A princípio, a escolha mais óbvia seria Bonifácio, mas ele era um guerreiro poderoso e influente, e Veneza não queria que Constantinopla voltasse a ser uma forte concorrência comercial. Foi eleito então Balduíno de Flandres, um dos líderes da cruzada, que fundou naquelas terras o Império Latino, em substituição ao Bizantino. Além de conquistar o trono que havíamos vindo libertar e devolver a Isaakios II, Balduíno também conquistou sua esposa. Ele e Magrit se casaram, ela se tornou novamente a esposa consorte do trono de Constantinopla.

Depois de tudo terminado, ficou óbvio para todos nós que Veneza saiu como a grande vitoriosa de tudo isso. Ao derrotar aquele que era seu maior rival comercial no comércio marítimo do Mediterrâneo, Dandolo deixou o caminho livre para os lucros que iria extrair do comércio com um distante país muçulmano: o Egito, que queríamos conquistar no início da expedição, havia feito um acordo comercial com Veneza logo antes de nossa chegada, e seria péssimo para os negócios se os sultões descobrissem que seu novo aliado comercial estava financiando uma Cruzada para invadir suas terras. Dandolo usou seus acordos financeiros para nos desviar do original intuito daquela missão, e ainda nos usou como mercenários para derrubar seus dois maiores rivais comerciais. Os milhares de mortos e feridos que caíram em combate foram, todos, vítimas de um complexo esquema comercial envolvendo comerciantes astutos e de pouca fé.

Agora que sou apenas um velho cansado, tudo o que me resta é rezar a Deus, pedindo que perdoe meus pecados ignóbeis, e que apague de minha memória aquelas imagens terríveis que me atormentam toda noite em pesadelos que parecem nunca terminar.

Servo Fiel

BRUNO SCHLATTER

Vivo com meu mestre e senhor, a quem devo tudo o que tenho. Devo, inclusive, a existência: foi ele quem me construiu, pedaço por pedaço, com seus poderes encantados, juntando a matéria-prima que me compõe e dando-me a forma que possuo. Como agradecimento eu o protejo, envolvendo-o em meu abraço rochoso e afastando aqueles que o ameaçam.

Passo meus dias a observá-lo em seus afazeres cotidianos. O vejo fechado na biblioteca, escondido entre livros e pergaminhos, solitário em suas pesquisas. Carrega volumes de uma estante para a mesa e se perde na leitura, preenchendo folhas de anotações, sem notar o tempo que passa lá fora. Já é noite, e sinto o vento frio me tocar. Meu mestre adormece, e deixo uma pequena brisa apagar as velas que o iluminam, antes de fechar as janelas para o calor não escapar.

Amanhece um novo dia, e ele segue a trabalhar. Há algo de belo na sua devoção, na forma como se entrega por completo à pesquisa. Por vezes acho que esqueceria de comer, não fosse a prontidão dos demais servos, seres de carne e sangue criados por magia, em preparar e trazer-lhe os alimentos prontos para o consumo. Outros cuidados, no entanto, não podem ter por ele, e eu observo apreensivo aos sinais de degradação: a sujeira acumulada nas roupas, olheiras crescentes sob os olhos, barba volumosa e o cabelo grisalho desgrenhado.

Mas nada posso fazer, exceto observar. São semanas de trabalho intenso, pesquisa e experimentação, quase sem descanso. Noto, então, que ele começa a apressar os passos, e as mãos tremem enquanto folheia os livros. Sinto a antecipação crescer em mim também, ao imaginar os frutos que seu trabalho há de nos trazer.

A pesquisa termina em longo ritual no laboratório de encantamentos. O vejo traçar com cuidado símbolos arcanos no chão, acendendo e posicionando velas, e carregando até lá um grande volume de folhas e manuscritos. Seguem longos cânticos místicos, culminando com um sacrifício — um jovem bezerro, pêlo ralo e branco como neve, que berrava em desespero antes de ser degolado, deixando o sangue escorrer pelo chão e entrar pelas frestas e rachaduras nos níveis inferiores.

Uma nuvem de fumaça púrpura se forma após a morte do animal, se expandindo e preenchendo o aposento. Ela logo se dissipa, revelando novamente a sala em que nos encontramos, a face de meu mestre traindo o asco pelo cheiro deixado para trás. Tudo está como antes: as velas, os papéis, os símbolos desenhados; apenas o sangue do bezerro desapareceu, sem deixar nada em seu lugar.

Não, espere. Há, sim, algo de novo. Uma presença etérea, sem corpo, que sinto no ar, se escondendo nas sombras, fugindo das luzes das velas acesas. Meu mestre a percebe, e chama sua atenção. Ele fala alto, para ter certeza de ser ouvido; como resposta, apenas uma sensação de concordância preenchendo o aposento, que também posso sentir.

Seguem-se horas de debate e negociação. Meu mestre tem pedidos a fazer, e pagamentos a oferecer. O ser misterioso responde concordando ou discordando, sem jamais propor algo em troca, apenas esperando que as ofertas que lhe interessam sejam feitas. Sinto, por fim, uma despedida, e a sua presença se dissipa como se nunca tivesse existido. Meu senhor tenta manter a seriedade ao sair, mas já posso ver os sinais do triunfo nas suas expressões, como um pequeno sorriso tentando se esconder em seu rosto.

E voltamos, então, à correria cotidiana, agora, porém, com outro objetivo. Não é mais na biblioteca que meu mestre passa os dias, mas em seu quarto, mudando a decoração, adicionando cortinas, quadros, vasos de flores e plantas. Preocupa-se também com a própria aparência: se desfaz da barba volumosa, procura pelas melhores roupas, chega mesmo a experimentar fragrâncias e perfumes encantados. Posso notar a excitação e o nervosismo em seus movimentos, como quem aguarda por uma pessoa importante.

Uma semana passa até que chegue o grande dia. Sei que o é pela preparação de meu senhor, com um longo banho de sais mágicos e a roupa para a ocasião selecionada com cuidado. Dirige-se, então, para o laboratório, onde aguarda por horas vagarosas.

Uma nova nuvem de fumaça púrpura anuncia o retorno da presença misteriosa, preenchendo o aposento e logo desaparecendo. Para trás, deixa uma silhueta negra, que aos poucos toma a forma de uma jovem de estatura mediana, os cabelos negros encaracolados emoldurando um rosto delicado, com olhos azuis brilhantes. Ela olha confusa para o entorno, como se acordada subitamente de um sono profundo.

Que felicidade surge em mim ao vê-la! Percebo, afinal, o sentido de todo o esforço e trabalho de meu mestre. Ele a recebe com um sorriso, estendendo a mão em um gesto seguro, tentando manter um olhar confiante. Ela o reconhece; em um primeiro momento se encolhe assustada, mas, sem outra opção, aceita a mão que lhe é oferecida e é guiada para fora do laboratório.

Os dias seguem a partir de então como em um sonho. Não há mais momentos solitários para meu senhor; mesmo quando na biblioteca, perdido em estudos arcanos, o olhar distante e suspiros entre os livros revelam a sua companhia, a lembrança da noiva que o aguarda. Ela ainda o recusa, atordoada pela forma como chegou, e se tranca no quarto, impedindo-o de entrar; mas meu mestre é paciente, e sabe que não há razão para se apressar.

Aos poucos, noto em minha futura senhora os primeiros sinais de mudança na atitude. Já não barra a entrada dos servos para alimentá-la, e aceita os primeiros presentes vindos do noivo. Ainda que tente esconder o encantamento, posso ver seus olhos brilhando em harmonia com as jóias que recebe, e o tímido sorriso ao experimentar os vestidos de tecidos finos. Mais alguns dias e até mesmo aceita um dos convites do mestre, saindo do quarto, enfim, para um primeiro jantar ao seu lado.

Já me vejo imaginando a noite mágica que se seguirá. Entre um prato cuidadosamente preparado e outro, ela olhará nos olhos dele, e notará, afinal, os seus encantos. Ele então levantará e, sem tirá-la do próprio olhar, a tomará pela mão em um gesto delicado e a conduzirá de volta para o quarto, onde terão, enfim, suas núpcias. E tudo ficará bem: o sol brilhará pela manhã, os pássaros cantarão alto, e os dois acordarão um ao lado do outro, e sorrirão ao mesmo tempo ao trocar olhares...

Uma batida na porta da frente me acorda do doce devaneio. Não demoro a perceber o que ocorre: um grupo de camponeses invade nossas terras, e perturba a noite de meu mestre. Ele vai para a murada atendê-los, deixando a noiva esperando sozinha na sala de jantar. Dizem o que querem: o retorno da jovem camponesa desaparecida misteriosamente alguns dias antes.

Ah, pobres ignorantes! Não sabem a honra que ela recebe? Terá muito mais aqui, com meu mestre, do que jamais teria entre eles! Deveriam ser satisfeitos apenas por meu senhor permiti-los existir, e viver das terras que são dele por direito. Bastaria um gesto, uma simples conjuração arcana, e todos desapareceriam, junto com suas famílias, e seus pertences, e suas vidas insignificantes! E, ainda assim, o difamam pelas costas, e reclamam da sua tutela; e agora, o pecado maior, exigem, como se o pudessem, a entrega da sua noiva.

Mas não importa: enquanto eu estiver aqui para protegê-lo, jamais poderão causar-lhe mal. Meu senhor sabe disso, e se recusa a atendê-los. Eles voltam a exigir, e batem mais forte contra as portas, fazendo-me tremer; o mestre responde com fúria, canalizando energias interiores, reunindo nuvens carregadas sobre o céu. Relâmpagos são disparados delas contra a turba, que começa a se desfazer entre gritos de pânico.

De repente noto, do outro lado, uma minúscula figura

subindo pelos muros, aproveitando a distração causada pelos camponeses. Veste roupas simples, possui um olhar determinado, e carrega nas costas uma lança improvisada, enquanto segue sorrateiro por entre corredores e aposentos. Tento pará-lo como posso: disparo armadilhas, derrubo pedras em seu caminho. Outros servos também o interceptam, mas não tardam em serem derrotados, trespassados em golpes descuidados pela sua arma. Afinal, ele chega à sala onde a noiva esperava pelo retorno do mestre.

Os dois se olham, e sinto o ar entre eles se aquecer com a chama de um amor juvenil. Correm um para o outro, se abraçam e beijam com ardor. Sinto um gosto podre crescer em mim ao observar a cena. Ah, se meu mestre pudesse vê-la agora, revelando sua verdadeira face!

Correm então para fora da sala, e procuram uma saída dos muros que os cercam. Novamente tento pará-los com armadilhas, mas em vão; e outros bons servos também sucumbem ante a sua lança traiçoeira. Não demora e já estão a poucos metros da liberdade. Antes de chegarem, no entanto, a traidora para inesperadamente.

O jovem invasor se vira, e logo vê o que a interrompeu: é meu mestre que, terminando de lidar com a revolta, os intercepta no meio da fuga. O garoto investe contra ele, a lança em riste pronta para um ataque mortal; mas basta um gesto das mãos de meu senhor e ele se vê paralisado, como que preso a uma corrente invisível. Três servos se aproximam e o desarmam, levando-o para o calabouço.

Quanto à jovem rameira, quase sinto pena pelo fim que a espera. Quase — depois de tamanha traição, quando o mundo lhe foi oferecido com tão pouco pedido em troca, nenhuma punição seria o bastante. Os olhos de meu mestre faíscam de raiva, enquanto ele a agarra e a leva a força para o quarto. A atira com violência sobre a cama e se joga sobre ela, rasgando suas roupas. Ela grita e tenta resistir, mas é inútil; as núpcias ocorrerão esta noite, com ou sem o seu consentimento.

Algo desvia minha atenção, no entanto. Volto-me para o calabouço, onde vejo que o invasor venceu o feitiço de meu mestre e escapou dos seus captores. Empunha novamente a arma que trouxe consigo e corre atrás da amada, assassinando friamente meus companheiros que o interceptam e passando pelas armadilhas que coloco em seu caminho. Logo já está no quarto do casal, e se aproxima furtivo da cama que treme com violência.

Tento avisar meu mestre do perigo que o aguarda: bato janelas e portas, derrubo pedras pelo corredor, desmonto prateleiras de livros e ingredientes místicos, deixando-os cair ruidosamente sobre o chão. Tudo em vão. Está ocupado demais em possuir a traidora, e não nota o inimigo que chega ao seu lado com um brilho assassino nos olhos, atravessando-o por fim com um golpe da lança.

O sangue espirra sobre a jovem. Vejo-me sem ação por um instante, atingido de súbito pela realidade que se forma. Começo a tremer com o choque; o casal de traidores nota minha hesitação, e corre para a saída.

Mas não os deixarei ir tão facilmente! Desmonto-me sobre eles, cada rocha caindo como uma lágrima. Jogo-me com tudo sobre seu caminho; nada mais me importa, exceto a vingança. Eles desviam desajeitados, buscando sempre o portão de saída, fugindo dos outros servos que também tentam pará-los.

Alcançam o objetivo, enfim, e fogem para a liberdade. Sinto uma raiva impotente crescendo em mim, aos poucos me preenchendo e tomando por inteiro. Quero persegui-los e puni-los, mas nada posso fazer. Meu mestre está morto, afinal, e o que resta para mim? Era apenas o seu castelo, agora desfeito em ruínas.

Cálculo da Criação

FERNANDO SALVATERRA

A lenha foi acomodada sobre a rosa de pedra no centro da praça assim que nasceu o sol, logo à vista do prisioneiro. Ele fora transferido para a cela acima para que pudesse observar sua ardente e derradeira cama até o fim do dia. O cárcere ali era mais ventilado, pois tinha uma janela — pela qual entravam enxurradas em dias de chuva por estar ao nível do calçamento. Crianças se divertiam acertando pedras entre as barras. Ele as contou mais de uma vez: sete barras oxidadas. Contou os tijolos das paredes, do teto e do chão e concluiu números mudos. Depois somou os projéteis que entravam, organizando-os. A contagem o emocionava. Numerou oito crianças lá fora, impregnando-lhes dígitos invisíveis. Logo estava com o rosto na janela, tentando contabilizar as casas, os edifícios eclesiásticos, as pessoas que lhe cuspiam.

Alguém gritou:

— Carlos Alonso! Assassino de monges! — E em seguida um pesado pedaço de madeira acertou a janela e quebrou seu indicador que apontava para a igreja, contando as estátuas. Ele se encolheu de dor e urrou. Porém, não ligou o nome a si mesmo, por não considerá-lo mais. Há semanas não respondia pelo seu nome cristão e havia voltado a falar somente seu dialeto primitivo.

Fechou os olhos e mediu a distância até sua aldeia, escondida por trilhas perigosas nas altíssimas rochas da Cantábria. Tentou mensurar a distância — primeiro em florestas, depois em colinas, por fim contentou-se com um algarismo inconcreto de horizontes. Ficou imerso nos caminhos que percorrera a pé antes de ser catequizado e não percebeu que o arrastaram para fora e o amarraram ao poste. No escuro dentro de seu crânio encolheu-se na grandeza dos números que podia imaginar, até que terminaram de rezar e incendiaram seu pensamento, o obrigando a abrir os olhos. Desesperado, tentou entrever em meio às lágrimas a quantidade de lâminas de fogo que grudavam em suas roupas e pele, tentando memorizar algum número que lhe servisse de senha às portas do paraíso.

A fumaça negra avolumou-se assustadoramente, encobrindo o herege, e todos se afastaram sem mais ver ou ouvir o incendiado. Nesse momento, um cavaleiro Espatário apanhou furtivamente o livro que haviam lançado ao pé das chamas com o registro de próprio punho do condenado que atestava seu crime de blasfêmia. O volume de pouquíssimas páginas jamais foi estudado por mais que dois historiadores e hoje resiste aos seus últimos dias de estrutura folheável, trancado numa caixa de ferro carcomida, emparedada num nicho há muito esquecido das catacumbas do Vaticano.

Eis a tradução de suas poucas páginas remanescentes, ainda que apócrifa:

"O número de leões existentes mede a Justiça Divina". Interferir em sua quantidade é um pecado ou ato virtuoso que só pode executar impunemente o homem que conheça a cifra da Ira de Deus, e tal homem não existe.

Deus criou o mundo a partir de números incorruptos e os escondeu dos olhos dos homens, em multidões incalculáveis através dos horizontes e dentro de todas as coisas. Alterar as quantidades que Ele impôs à existência é parodiar Seu poder. Um membro da Aldeia é incumbido de atrair sobre si os sortilégios dos números e apenas ele pode contá-los e determiná-los, regendo a vida de todos os fiéis habitantes. O Mágico, como é chamado, tem a tarefa de intermediar os escambos, inferir valores e computá-los. A ninguém mais é permitido o conhecimento das medidas e das quantidades. A cada homem é ordenado conhecer apenas um número, o qual ele não deve compartilhar. Esse é o número de leões que ele avistou em sua jornada de iniciação.

Os dias não são nomeados, as estrelas são veneradas por sua incalculabilidade, assim como as folhas das árvores. Colher um fruto ou abater um animal são atos de fé tão temerosos que o terror de desfazer o mundo diminui a fome. As aldeias circundantes vivem em heresia e não podemos lhes corrigir, pois o conflito gera baixas em batalhas e não se pode saber qual homem tem sobre si o número que mantém a vida de todos os outros. Portanto, a guerra é proibida e nossa aldeia foi tripudiada por não se defender quando hordas de guerreiros subiam os estreitos caminhos para levar sua quota de escravos. Diversas vezes fomos dizimados a pouquíssimos membros, e nos multiplicamos novamente pela mágica de nosso conhecimento.

[Trecho Perdido]

Por muito tempo, leões esporádicos entraram no vale e levaram crianças desavisadas. Suas silhuetas terríveis foram entalhadas por todo canto da Aldeia, até o dia em que deixa ram de vir. Soubemos que eles passaram a viver apenas nos ermos, onde homens não habitavam, e desde então, os jovens empreendiam a Caminhada rumo às terras distantes onde os leões caçavam, para conhecer algum número que deveriam guardar em segredo pelo resto de suas vidas. No começo, poucos voltavam, mas isso mudou. Nos dias de minha infância, uma estranha incerteza rondava os moradores. Só a fui conhecer quando viajei até os ermos, cada vez mais distantes, e voltei sem ter avistado leão algum. As terras agora eram povoadas por homens de armaduras, camponeses amargos e sacerdotes sinistros e tristes. Os reis, feitos estátuas de ferro, montavam em cavalos assustados e investiam para o sul, de onde estrangeiros implacáveis subiam conquistando terras. Assustei-me com a cultura desses homens que portavam ferrões sangrentos: diferente do meu povo, sua preocupação era o conhecimento dos números e não sua reverente ocultação. Eles contavam as distâncias das terras, os dias que passavam, as peças redondas de metal que valiam vidas, os números dos exércitos. Preocupavam-se em saber a exata quantidade de cidades que possuíam, os mortos que fabricavam, as muralhas que erguiam e os camponeses que permutavam.

Eu deveria ter por volta de doze anos (não contabilizávamos a idade e só posso tentar adivinhá-la, agora que faço isso) quando voltei para meu lar em choque, vendo refletido o mudo desespero em cada outro irmão que viajara antes de mim.

Certo dia convoquei a aldeia diante do Mágico e expus minha tristeza, declarando julgar-me sem merecimento por não possuir número algum. Diante de meu pecado, houve outros desabafos: ninguém vivo em nossa aldeia possuía um número, pois ninguém de nossa geração havia avistado um leão. Éramos homens sem cifras e vazios. A indignação foi maior quando o Mágico revelou que há muitas e muitas gerações os leões não eram mais vistos e que talvez sua existência fosse um mito. Quando ele propôs considerarmos uma contagem inventada para que continuássemos nossos afazeres, houve choro e revolta. Parti de minha terra com alguns irmãos naquele mesmo dia. Durante todo nosso caminho rumo a outro mundo que nos absorvesse em seus censos imprecisos, não ousei contar o número de exilados que comigo partiram e desconfio agora que foram doze. Humilhados, não nos ajudamos nem fizemos planos em comum e, dessa forma, os jovens sem valor da Aldeia dispersaram-se pela Ibéria, aprendendo suas línguas e costumes.

Alguns de nós, eu soube mais tarde, alistaram-se nas tropas de cruzados e encontraram seu valor nos números cumulativos de mouros mortos que computavam, até que fossem somados nas listas de abatidos pelos inimigos. Outros dedicaram-se à soma e subtração de comércios desonestos para lá das fronteiras dos emires.

Eu fui batizado e tornei-me padre.

[Trecho Perdido]

O leão, ainda que reproduzido nas iluminuras que estudava, ao lado de dragões e santos, tornara-se para mim uma mentira odiosa. Guardei em segredo minha descrença em sua existência e sufoquei dentro das paredes grossas e mofadas dos monastérios da nova religião que adotara. Dentro de um sonolento embotamento, fechei os olhos pro mundo e me aprimorei na contagem das rezas e dos jejuns, dos versículos e dos dízimos, das doações generosas e das indulgências vendidas.

[Trecho Perdido]

Ao segundo dia de minha estada na cidade recém reconquistada, próximo à fronteira ainda em chamas, eu avistei um leão. Estava perto dos muros da cidade arrasada com seus mortos ainda não sepultados e não havia ninguém por perto. Ele me viu e correu para me alcançar. Empunhei uma lança de um piqueiro morto e o trespassei, cometendo o mais alto crime que alguém do meu povo poderia cometer. O urro do leão paralisou meu coração e eu sucumbi em lágrimas diante de sua divindade conjurada. Aos soluços, apalpei seu corpo fantástico para ter certeza da realidade. Contei suas garras e seus dentes e esse número guardo em minha alma como o número da besta.

[Trecho Perdido]

Recobrei a visão mágica do mundo, incontável. Descobri o leão guardado em cada pedra da obra do homem. Entrevi as asas angélicas das aves de rapina em rasantes predatórios. Entendi a soma protetora das argolas multiplicadas que compunham as malhas metálicas dos cavaleiros em plena carga. Vi as civilizações se anulando em equações incansáveis, garantindo seus produtos que iam daí ingressar em outros cálculos ainda não resolvidos. Adivinhei a influência das ruínas das estradas largadas pelos romanos, cujos numerais seriam substituídos pelos dos árabes.

Então me lembrei do meu catecismo e dos livros de páginas numeradas que eram produzidos ao preço de pequenas fortunas, os quais eu aprendera a decifrar e fora obrigado a decorar. Lembrei-me dos monges trancafiados na compulsiva tarefa da cópia, refletindo as mesmas páginas ininterruptamente. Cheguei ao terror quando imaginei mil mosteiros pelo mundo vomitando infinitas páginas idênticas que logo excederiam a criação divina.

Naquele mesmo dia sagrei a mim mesmo cavaleiro, e, vestido de armaduras fétidas e trincadas dos campos de batalhas, cavalguei até o mosteiro mais próximo. No caminho, apanhei um monge e o fendi mortalmente na segunda investida feroz do meu cavalo em carga alucinante. Nas portas, exausto, apresentei-me como um cavaleiro da Ordem de Santiago e fui recebido pelos bondosos irmãos.

Após a ceia, antes de me retirar, visitei a biblioteca onde se executavam as transcrições sacrílegas. Montes suspeitos de pergaminhos mulçumanos confiscados estavam sobre as mesas para a triagem. Obras impuras e erradas de gregos hereges, que estudaram e formularam a profana ciência dos números, seriam traduzidas de volta de suas longas viagens pelas terras dos mouros. Encarei os frutos da magia negra, a arte de perpetuar os pensamentos dos que já morreram e fazê-los possuir as almas dos vivos. Entendi a fornicação das letras que criavam e aprimoravam mentes sobrenaturais que estenderiam suas convolutas existências para sempre, fazendo do homem um hospedeiro de idéias vivas e parasitas. Vislumbrei as populações tornando-se involuntários ábacos que coletivamente computavam os pensamentos gigantescos de uma abominável entidade invisível. Eu a vi com seus infinitos olhos retangulares, iluminando os rostos fanáticos das gerações futuras, que operavam seu corpo distribuído por sobre o mundo inteiro, criando uma teia de números vivos e interligados.

Enfurecido, esperei todos dormirem. Nessas páginas amareladas eu registrei minha alma para que minhas idéias possam viver em outros que assumam esta missão no caso de meu fracasso. Eu sei que é contraditório que eu utilize aqui justamente a magia que vou combater dentro de minutos, mas se uma coisa aprendi sobre a natureza divina, é que só através do inimigo Deus nos põe ao seu lado.

Ao terminar esse parágrafo vou incendiar a biblioteca. Depois disso, degolar cada um que se apresentar em minha frente, subtraindo o número perigoso dos homens.

Ouroboros

Alícia Azevedo

Estava sentada nos largos bancos de madeira, como tantas vezes fizera com sua mãe. Do fundo da sala, uma voz feminina retumbava. E ela esperava, em vão, que aquilo preenchesse o seu vazio.

A sacerdotisa da Ordem do Dragão Negro falava com firmeza, mas as palavras repercutiam no nada. Sua mente divagava em pensamentos sombrios, de dias passados, de como poderia evitar o inevitável. Cassandra sonhava acordada. Queria não ter esse dom, mas fora condenada desde o nascimento.

Lembrava-se das palavras da mãe sobre o dia em que nasceu e das palavras da grande sacerdotisa ao trazê-la ao mundo. Nunca entendeu o significado, mas agora compreendia. Era uma maldição.

Sua cor mudará, seu rosto também, e seu espírito emitirá gemidos. Seu cabelo se eriçará e seus braços e pernas estremecerão e ficarão pesados. Quando isso acontecer, ela saberá, mas ninguém irá acreditar.

✦

Os anos passados na Ordem aprendendo a controlar a força dos elementos e canalizá-los de nada serviam.

Não havia magia em Alluim capaz de trazer sua mãe de volta, mas estava disposta a procurá-la. Por isso estava ali hoje. Se alguém conhecia esse poder, era a grande sacerdotisa. E ela pretendia descobrir o segredo.

O culto ao Grande Dragão Negro terminara e a sala esvaziava. Cassandra permaneceu sentada no banco olhando fixo para a sacerdotisa. A dor de sua alma transbordava seu corpo e Hecate pôde notar seu sofrimento.

— Cassandra, que bom que veio. Dedicamos uma elegia à sua mãe hoje. Ela era muito querida por todas.

— Já que ela era tão querida assim, não vai se importar com o que eu vim lhe pedir.

— Farei o que estiver ao meu alcance para diminuir a sua dor. Sei o quanto a amava.

— Quero o segredo?

— Que segredo?

— Quero trazer minha mãe de volta.

— Mas isso é impossível!

— Se não conhece o segredo, dê-me um nome e partirei.

Hecate se calou. Havia mais do que determinação nos olhos de Cassandra. Mas o pedido era absurdo, contrariava a ordem natural das coisas. Selene controlava a vida e a morte de todos em Alluim, burlar a morte seria contrariar seu desígnio, confrontando a Deusa-Dragão.

— Cassandra, escute com atenção. Nosso mundo é regido pelo sutil equilíbrio dos quatro elementos. Cada um dos quatro deuses-dragões controla um desses elementos, e o Dragão Negro, Selene, controla a água. Eles se combinam, se confrontam, se completam. Formam um círculo perfeito,contínuo e interminável. Só existe vida com os quatro elementos juntos. Sem ela, o corpo murcha, seca e morre. Selene tira a água das pessoas quando chega à hora. Ela tirou a água de sua mãe e não cabe a nós questioná-la. Você deve aceitar que ela partiu, cumprir os ritos e continuar a viver.

— Não posso aceitar isso. Eu a avisei que aconteceria, avisei a todas, mas ninguém me ouviu. Consideraram-me louca e me trancafiaram. Negaram a chance de salvá-la e agora ela está morta. Vou trazê-la de volta e reparar o erro cometido!

Seus olhos estavam em prantos e as imagens de sua premonição vinham à mente evocando as doloridas lembranças que desejava esquecer. Hecate a abraçou. Admitia o engano que cometera. Devia ter escutado Cassandra, mas o estado em que estava fez com que todas a julgassem doente, quando estava apenas atormentada. Apiedou-se, mas ainda não estava certa se deveria compartilhar o segredo. De fato, existia uma fórmula. A dor contida de Cassandra se abateu sobre Hecate em forma de culpa.

— Talvez haja um jeito, mas te aconselho a deixar o mundo seguir seu curso.

— Sabe que não posso fazer isso.

— Existe uma fórmula muito antiga, mas seu uso sempre foi condenado. Não sei se funciona, nem o que pode acontecer. Nunca foi usada.

— Qual fórmula?

A sacerdotisa se levantou e puxou suavemente Cassandra pela mão. Caminharam até o final da sala, onde uma velha porta de madeira ocultava uma câmara. O rangido da porta despertava Cassandra aos poucos. Ali estava a resposta para sua dor. Pilhas de livros e pergaminhos se mesclavam a vários vidros espalhados por todo o cômodo. No centro havia uma mesa. Hecate pôs-se a remexer velhos papiros empoeirados e finalmente selecionou um. A escrita muito antiga estava desgastada pelo tempo. Abriu o papiro sobre a mesa.

— Você vai precisar de três plantas. A primeira é a flor do lótus branco. A segunda, a flor do lótus negro. E a terceira é um bago de beladona. Elas só existem em um único lugar em toda Alluim, mas você está sem tempo. A fórmula deve ser ingerida antes dos ritos fúnebres, ou seja, antes da alma atravessar para o mundo dos mortos. Uma vez passado esse tempo, nada poderá trazê-la de volta, a não ser a própria Selene.

— Mas os ritos duram quatro dias, no quinto a alma faz a travessia e já se passaram dois dias.

— Exatamente. Você tem apenas dois dias.

— Onde estão os ingredientes?

Hecate deu um suspiro profundo. Ninguém ia lá. Era inóspito, sombrio e desabitado. Alguns diziam que os portais do mundo dos mortos estavam ali. Mas não havia outro jeito, aquele era o único lugar.

— Essas três plantas são características dos elementos água e terra. Você deve ir ao Pântano da Desilusão. É o único lugar onde vai encontrá-las. Os lótus crescem na lama e no lodo e a beladona margeando a água. Misture duas partes de lótus branco, uma de lótus negro e uma única gota do sumo do bago da beladona. Ferva com a água do Pântano e dê o chá a sua mãe. Leve-a com você em uma carroça. Escolha cavalos fortes e rápidos. O tempo é curto.

— Farei isso.

— Mas tem mais uma coisa que deve saber.

— O que?

— Se algo der errado — Hecate se calou. Ponderou por um momento, e buscou com as mãos algo debaixo da mesa. — Se algo der errado, você deverá matá-la e restituir a ordem das coisas. Hecate lhe estendeu uma espada curta.

Sem pensar um único segundo sobre o que estava prestes a fazer, Cassandra pegou a espada e correu. A travessia até o Pântano foi tranqüila. Um dia depois de sua partida, chegava ao seu destino, suja, cansada, mas com um propósito firme. Alimentou os cavalos e fez uma fogueira para iluminar a escuridão que se propagava mesmo em plena luz do dia. Sentia-se sozinha.

Buscou os ingredientes tentando evitar a sensação de desconforto e o medo que a consumiam lentamente. Ruídos inumanos vinham de todos os cantos e depois sumiam. De repente o silêncio a atormentava ainda mais. Apressou-se e retornou à luminosidade da fogueira, onde ao menos o calor e o crepitar do fogo a acompanhavam, mas algo ali a incomodava, como se cada moita a observasse, como se o próprio lótus em suas mãos fossem mil olhos a lhe encarar.

Preparou o chá e deixou-o esfriar. Descobriu a seda do rosto de sua mãe e contemplou o aspecto ressequido da morte em sua face. Abriu-lhe a boca e entornou o chá. Agora, só restava esperar.

O Pântano parecia encolher-se sobre ela. Sua cor mudou, seu rosto mudou e uma forte convulsão tomou seu corpo. Seus braços e pernas ficaram pesados e seu espírito se contorcia, gemia em silêncio. Ela estava vendo. Dentro de si vislumbrava o futuro e sua agonia crescia a cada cena. Dor Desespero. Morte.

Um barulho na carroça a despertou e ela se levantou num salto. O corpo de sua mãe se erguia, mas ela sabia que a morte ainda estava ali. Aproximou-se da carroça devagar e olhou o vulto agora sentado.

— Mãe?

— Cassandra? — A voz era gutural e assustadora.

— Eu sinto muito!

Os olhos dilatados daquele ser que um dia fora sua mãe a contemplavam inquisidores. Cassandra se aproximou. Lágrimas escorriam por sua face, sem que conseguisse reprimi-las. A culpa era sua, sempre fora. Sacou a espada e decapitou a mãe. Incendiou a carroça onde jazia o corpo. Segurou a espada contra seu peito e a fincou em seu coração.

A ordem das coisas estava agora restituída. Tudo estava em seu devido lugar.

Olhos de Pedra

Madô Martins

Quando as últimas luzes do castelo se apagam, começa minha excursão pela noite. Deixo para trás o telhado e rasgo o silêncio com minhas asas, percorrendo o reino que considero também meu. Gosto de conferir as plantações que se espalham pelo vale e, sob o luar, ganham novas dimensões. De sobrevoar as choupanas dos camponeses, os palacetes dos senhores, as tavernas sempre barulhentas, as estrebarias onde os cavalos se espantam à minha passagem, os currais de modorrentas vacas leiteiras, ovelhas à mercê dos lobos e porcos enlameados, os ratos que correm pelas vielas perseguidos por corujas, os galos que montam guarda no galinheiro e são os primeiros que encontro ao amanhecer, os gatos que me distinguem na escuridão... Há mais de cem anos percorro esta paisagem e jamais me entedio, porque muda constantemente: novas pontes, novas propriedades com suas muralhas, novas embarcações no horizonte, vindas de terras distantes por mares pouco conhecidos. Mudam também os humanos, essas irriquietas criaturas de corpos frágeis. Não gosto deles. Parecem alheios ao mundo que os cerca, exploram a terra que os alimenta, desprezam os animais que os servem, matam os semelhantes e estão sempre inventando geringonças de combate e trabalho. Raramente olham para cima, ignorando o mapa das estrelas e seres como os da minha espécie, habitantes das alturas.

Entre eles, apenas um me interessa e procuro visitá-lo todas as noites, mesmo sabendo que estará dormindo e não me verá. Passeio pelo seu quintal, onde guarda as esculturas já prontas e aquelas em que está trabalhando. Em todas, percebo o mesmo gênio criativo de seu genitor, o homem que me criou. Deve ter-lhe herdado as ferramentas e a técnica, bens que por certo transmitirá igualmente aos descendentes, porque os humanos costumam perpetuar seus talentos em família, passando-os de pai para filho. Termino o voo noturno na campa do artista e, se pudesse, ali permaneceria o resto da existência, enfeitando a lápide nua de seu túmulo modesto. Mas a igreja poderia considerá-lo herege e talvez banisse seus restos mortais do campo santo, condenando-os a uma cova rasa e anônima. Por isso, pouso ali apenas por algum tempo, recordando nossa convivência, e volto ao lugar de sempre, antes que o sol de um novo dia desperte o povoado.

Quando nasci, contavam-se nos dedos as casas humildes que rodeavam o castelo. Dragões, cães com várias cabeças e povos bárbaros assustavam a todos, inclusive os soldados que garantiam a paz e a integridade do reino, a serviço do soberano. Logo os humanos criaram máquinas que lançavam bolas de fogo e pedras, derramavam óleo fervente, derrubavam portões e resgataram as táticas romanas de guerra, promovendo chuvas de flechas, simples e incendiárias, e protegendo os exércitos com os escudos unidos em verdadeira couraça, sobre as cabeças dos soldados e em volta do grupo, onde nenhuma espada, lança ou seta conseguia penetrar.

Meu criador permanecia alheio a tudo isso, em sua morada distante, nos limites do reino. Vivia de sua arte, alimentava-se com o trigo, ovos e leite obtidos na propriedade e seus iguais o conheciam como "o homem das estátuas". Seu dom era tão respeitado, que até o rei lhe encomendava peças para adornar o castelo e pagava com generosidade. Em poucas ocasiões, sua obra foi rejeitada. Lembro da vez em que, num delírio de criação, enviou ao rei um par de dragões com ar feroz, para serem instalados ao lado da ponte levadiça ou dentro do fosso, conforme a vontade de Sua Majestade, à guisa de guardiães do palácio. O soberano, que perdera recentemente um parente na batalha contra um desses fantásticos animais — não puderam sequer enterrá-lo, porque o cadáver se dissolvera por completo, ao ser atingido pelo sangue cáustico do bicho ferido -, recusou o presente e proibiu o escultor de repetir o feito, mesmo que poderosos de outros reinos desejassem adornos similares, feitos por suas mãos.

O homem que me criou não se deixou abater, porque sentia que o rei o estimava, apesar das mútuas diferenças. De fato, todo o reino invejava o prestígio e a amizade de que o escultor desfrutava: Sua Majestade chegava a ir pessoalmente visitá-lo, para apontar com o dedo cheio de anéis as obras que ele deveria mandar para o castelo. Às vezes, em tom de confidência, descrevia seres encontrados nos sonhos, para que o artista os tornasse concretos. Outras, vinha acompanhado pela filha mais nova, uma menina com o dom de desenhar e que lhe oferecia esboços dos devaneios reais.

Quando a Peste Negra chegou com os navios e matou tantos súditos quanto uma guerra, o rei chamou as feiticeiras da floresta para que consultassem o oráculo e lhe indicassem o que fazer. Então o escultor estudou todos os desenhos da princesinha, relembrou os sonhos reais e me criou com estas dimensões grandiosas, para que eu fosse usado como um talismã gigantesco, no alto de uma das torres do palácio, visível de qualquer ponto do reino. O soberano gostou tanto da idéia, que encomendou outros três iguais a mim, um para cada quina da muralha, onde havia torres e sentinelas.

Acontece que, na hora de colocar-nos nos quatro pontos pré-estabelecidos, os trabalhadores se confundiram e me puseram na parte de trás do castelo. Só mesmo o artista para nos distinguir devidamente e, quando ele notou o engano, preferiu calar-se para não desassossegar ainda mais Sua Majestade, às voltas com tantos cadáveres. Depois da peste, o reino ainda foi vítima de uma longa batalha, na disputa por novos territórios e tesouros. O exército do inimigo era audaz e chegou às portas do palácio, vencendo toda a estratégia de defesa, da qual também o povo participava.

Com machadadas, os guerreiros quebraram as correntes que mantinham suspensa a ponte acima do fosso e as imensas e pesadas toras de madeira que a formavam desabaram, escancarando a entrada do castelo. Dezenas, depois centenas de soldados estrangeiros correram em direção à ponte, antegozando a vitória. Abalado com o impacto causado pela queda da ponte levadiça, um de nós, exatamente aquele que ocupava meu lugar, começou a oscilar e finalmente tombou sobre os invasores, esmagando e amputando alguns e afugentando os demais. Seguiu-se a batalha campal, reforçada pelos cavaleiros que vieram das fronteiras, mais arqueiros e lanceiros, e a integridade do reino foi reconquistada.

Em volta do palácio, o que se via eram milhares de mortos, animais feridos, armas danificadas e pedaços da estátua, muitos deles manchados de sangue. O rei fez questão de guardar um, para jamais esquecer o acontecido. E mandou convocar o amigo escultor, para que providenciasse outro de mim que substituísse o destruído. Só então, soubemos que meu criador desaparecera sob a fúria do inimigo e, antes de ser morto, tivera as mãos decepadas. Seu filho fora o único a escapar da matança, escondido sob o feno.

Logo providenciaram uma nova família para o garoto, permitiram que frequentasse os pátios do palácio, onde brincava com a princesinha, e o rei ordenou que me transferissem para o lugar vago, pois não dispensava nossa proteção logo à entrada. As duas crianças cresceram, mas mantiveram os dons: o moço já tem cabelos brancos, assumiu a propriedade do pai e deu continuidade à arte, tornando-se igualmente requisitado por todo o reino; a moça casou e ainda desenha, mas agora sobre os panos que borda para o enxoval do segundo herdeiro. A torre ao sul permanece vazia e você, que agora sabe a razão, quando passar pela frente do castelo um dia, venha me conhecer: sou o gárgula à esquerda. E não se iluda com meus olhos de pedra: deles, há mais de um século, nada escapa.

Ah, esqueci de contar que há pouco tempo, em uma das excursões noturnas, vi meu rosto pela primeira vez, refletido em uma tina cheia d'água. Não tivera a curiosidade até então, mas logo compreendi por que o rei se afeiçoara tanto a mim e me conservara: o criador me dera sua própria face, tornando-a perene, como eu. Quando sinto saudades dele, procuro um reflexo.

Maldição

Marco Rigobelli

Amaldiçoados sejam aqueles que um dia desejaram viver para sempre. Aqueles que, igual a mim, quiseram se sentir superiores, como deuses caminhando entre mortais em suas vidas insignificantes. Vidas que mesmo sendo curtas são aproveitadas com dedicação e fibra que só são notadas em nosso leito de morte. Coisa que duvido que eu, um dia, experimente.

A beleza de ver as linhas da vida passeando por entre os dedos, como um fino fio de água que escorre suavemente em suas mãos. A dádiva de reviver sua vida inteira, mesmo que em alguns segundos, e notar que não importam os erros ou acertos, sempre convicto de que faria tudo novamente.

Tornando-se imortal você nunca vai notar o quão delicioso e exuberante é viver cada dia como se fosse o último, aproveitar cada prazer como se fosse eterno. Amando e odiando cada pessoa como a única desse mundo. Descansar satisfeito em seu leito de morte, sabendo que cumpriu sua missão e sua hora chegou.

O imortal não tem mais hora. Ela é eterna como sua maldita carne e consciência, como seu imensurável sofrimento... Acho estranho o fato das pessoas buscarem viver para sempre ao invés de viver para sua própria época, muitas morrem nessa busca. Chega a parecer irônico, na tentativa de se tornar imortal, você morre. Diversos contos e canções já foram compostos por bardos sobre pessoas comuns que queriam ser mais próximas de Deus.

É engraçado ver que as jornadas pela imortalidade que falharam se tornaram mais populares que as vitoriosas. Algumas viraram as mais belas histórias já compostas, O Último Suspiro de Agnael é minha favorita, carregada em emoção e motivações paladinescas, tudo para esconder um objetivo mesquinho e egoísta que acabou levando uma família inteira ao seu fim.

Foi aí que entendi o porquê dos bardos transformarem todos em heróis nesses tipos de contos. Eles incentivam mais pessoas a tentarem o mesmo, e assim eles conseguem mais histórias.

É estranho, até entre os bardos existe uma indústria, a Indústria das Histórias Fantásticas. Eles fabricam heróis para que outros tolos tentem seguir suas falsas façanhas e assim dêem aos bardos histórias para mais uma geração de novos ouvintes manipuláveis e futuros temas de suas epopéias.

O mundo realmente mudou muito desde a época em que eu era uma criança empunhando a espada de madeira confeccionada por meu pai, herói de guerra e orgulhoso do talento para o combate que seu filho esboçava já muito jovem. Nessa época, os bardos não queriam nada além do que ter suas histórias lembradas, agora eles almejam ser maiores que as próprias lendas que criam.

Mas vejo isso como uma tendência do ser humano, sempre desejar ser maior do que é, ou do que pode ser. Sempre querer ser tanto quanto o outro ao seu lado, ganhar em cima de seu melhor amigo, se para conseguir a eternidade isso for necessário.

Na verdade, todos os homens querem ser lembrados para sempre, todos temem apenas definhar em suas curtas e insignificantes vidas, todos querem ser eternos. E em meu tempo de vida, vi que isso é exclusividade de minha raça, elfos e anões não sofrem com isso. Eles não têm nossa ambição e nem nosso desejo de destruir para progredir, querem apenas viver em paz com o mundo que lhes abriga e alimenta.

Amaldiçoado sou eu por um dia desejar viver para sempre. E amaldiçoado eu fui, no dia em que realizei meu desejo.

Vivi tantas guerras que poderia orgulhar meu pai por muitas vidas, e venci boa parte delas. Tive tantas mulheres quanto alguns séculos de juventude incorruptível podem me oferecer e esbanjei tanta adoração e admiração de pessoas que qualquer herói pode ter, mas tive mais!

Fui o herói de todos os heróis vivos, continuo lutando lado a lado com eles, mas sem a mesma virilidade, sem a mesma vontade de continuar. Nada mais é novidade para mim, vivi todos os tipos de combates, enfrentei todos os tipos de inimigos possíveis, fui adversário desde um jovem e imprudente ladrão até um gigantesco e imponente dragão. Venci todos! Mas não recebi nada por isso, não ganhei sequer um agradecimento.

"Ele é imortal, não tem como ser derrotado", diziam alguns. De certa forma desleixada, e por que não, com razão. Minhas antigas glórias com o tempo já não tinham mais valor algum, o fascínio que aquelas pessoas tinham por mim se transformou, de forma lenta e agonizante, em falta de interesse. Senti que minha glória da imortalidade incomodava os mortais, eu não era louvado, adulado ou simplesmente admirado. Era odiado. Me chamavam de arrogante e vaidoso, diziam que eu me considerava superior a eles, que não passavam de insetos insignificantes na vida de alguém que já havia ultrapassado a idade dos elfos! De certa forma, eles têm razão. Sempre me considerei superior, e achava inevitável que todas as pessoas sem minha "dádiva" me observassem com respeito e admiração. Mas queria mais, queria ser um Deus!

Irônico de minha parte, eu nunca acreditei em deuses e mesmo assim quis ser um. Minha ambição realmente era muito maior do que o normal, assim como meu pai disse, mas foram dele também as palavras que diziam:

"Ela um dia te levará a glória".

Se estivesse realmente certo, essa tal glória tarda a chegar, uns 2 mil anos mais ou menos...

Travei tantas guerras quanto foi possível em todo esse meu tempo de vida, conheci reis, príncipes, ditadores e pessoas lendárias. Vi esse mundo amadurecer e se desenvolver, apesar de permanecer com a mesma idade mental de quando eu era uma criança que todos os dias sonhava ser um herói lendário enquanto brincava com minha espada de madeira. O mundo mudou muito, diferente daqueles que vivem nele. Todos mesquinhos e arrogantes, tentando ser superior a seus semelhantes e aos seus próprios deuses, tentando esquecer que fazem parte de um sistema no qual são facilmente descartáveis.

Imagino que foi por ter descoberto isso que comecei a buscar a imortalidade, tive medo de não ser nada alem de uma peça em um gigantesco tabuleiro. Queria ser importante, ser decisivo para o andamento da humanidade. Mas não fui. Nada além de uma marionete de reis e generais, uma marionete imortal, como eles viviam dizendo. Engolia isso com toda a dignidade que podia, afinal, imaginava que seria crucial e importante a cada batalha travada. Mas, diferente do que eu imaginava, nunca ganhei um parágrafo na história, tudo o que eu obtive foi um espaço entre vírgulas.

Consegui ser conhecido, e muito, aliás, tive várias histórias cantadas por bardos como sempre sonhei. Sou chamado de "Lenda Viva" por minha imortalidade, mas isso, por algum motivo que nunca entendi, não significa nada.

Preocupei-me tanto em viver para sempre que acabei me esquecendo de simplesmente viver, com amigos, amores, emoções, alegrias... E isso tudo agora está morto pra mim!

Tive mais mulheres e prazeres do que qualquer homem jamais imaginou em toda sua vida. Mas nunca tive um amor, nunca olhei para alguém e senti minha mão suar e meus olhos não se desviarem dela independente de quanto me esforce. Nunca disse "eu te amo" para mulher alguma, nem mesmo minha mãe ou irmã em seus leitos de morte, enquanto as olhava com descrença, horrorizado pela velhice.

Não imaginava, naquela época, o quanto eu sofreria pela vontade de envelhecer, pelo desejo de ser como os ou tros, e em um momento ter toda a felicidade do mundo por simplesmente me despedir dele.

Tudo o que desejo agora é ser mortal.

Viver cada dia sabendo que posso não ter a mesma chance amanhã, nascer, crescer e envelhecer assim como todos. Conhecer alguém e saber que ele jamais será esquecido.

Conhecer alguém pelo qual valha a pena morrer, alguém com quem eu vá envelhecer feliz. Alguém com quem eu possa ser como minha mãe e meu pai eram. Uma pessoa que me traria felicidade por ter passado minha vida ao seu lado.

Tudo o que quero é um dia poder morrer...

O Filho do Açougueiro

Christian David

Primeiro só ouvi os gritos. Minha irmã menor, imóvel ao meu lado, felizmente não ouvia nada. Gritos horrendos, pedindo perdão, de medo, de pessoas desesperadas.

Minha família.

Depois vieram os pedidos; *salve-nos, Guilherme, precisamos de você; filho, é sua mãe quem chama, é só você vir aqui que eles nos deixarão ir, confie em mim; venha até aqui neste exato minuto, meu filho, obedeça a seu pai agora mesmo.*

Ajude-nos, Guilherme, precisamos de você!

Todos os meus irmãos atenderam aos pedidos das vozes que eles conheciam tão bem, apesar das minhas súplicas para que não fossem, mas não eu. Eu já conhecia aquele jogo e não pretendia perder.

Ser filho do açougueiro do vilarejo dá um certo prestígio. Um prestígio que vem acompanhado de inveja disfarçada. As outras crianças sempre te veem como aquele menino que come carne todos os dias, artigo escasso nas mesas da maioria dos aldeões. Não vou dizer que não exista certa verdade nisso, mas, com essa abundância de carne em casa, meus pais passaram um pouco da conta e se viram com o problema de ter que alimentar os sete filhos que sobreviveram após o primeiro ano de vida, o que reduziu bastante as chances de que eu veja e, principalmente, coma carne todos os dias.

Meus cinco irmãos mais velhos, três meninos e duas meninas, são fortes e robustos. Pedro é o mais velho. Um touro de forte que atualmente ajuda meu pai no açougue, seguido por Catherine e Joaquina, as gêmeas sonhadoras que crescem rápido e conseguem tudo o que querem piscando os longos cilios que emolduram os belos olhos azuis. João e José vem logo em seguida, dois pequenos atletas de quinze e quatorze anos que caçam melhor do que ninguém. Esses cinco são a aposta dos meus pais para uma velhice segura e venturosa, os meninos são capazes de conquistar o coração de uma bela moça, um reino ou uma gorda bolsa de ouro com algum trabalho estúpido que requeira músculos e as meninas devem se casar com um rico comerciante, ou talvez até mesmo com um nobre. Esses cinco tem todos os privilégios. Eu perdi a corrida logo no início da minha vida curta de até então treze anos. Pouco antes dos dois anos de idade minha perna direita passou a apresentar algum tipo de problema de crescimento e desde cedo uso uma muleta para locomover o fraco corpo que me acompanha. Tenho também uma irmã de cinco anos que veio fora do prazo e vive praticamente grudada em mim já que meus pais não se mostraram dispostos a criar mais uma filha que não fala nem escuta e que parece deslocada demais para contribuir com a família. Nós dois vivemos quase bem com o que sobra da mesa, mas poucas vezes é carne. Temos que conviver com a inveja fora de casa e a escassez da porta para dentro. Ainda assim tenho uma família que me acompanha nas festas e me dá um teto e um cobertor quente nos dias de frio, mas nos dias de muito frio temos que nos virar quando alguém no meio da noite decide ficar com dois cobertores em vez de um.

Não conto tudo isso para reclamar, encontrei minhas compensações em ser o filho que não é uma aposta no futuro. Que eu tenha sobrevivido já é um espanto. Não recebo cobranças nem ninguém me obriga a ser algo que eu não queira. Não esperam nada de mim e isso é libertador. Meus irmãos mal conseguem juntar duas palavras quando se trata de falar sobre qualquer coisa que não seja suas necessidades básicas, e eu, vagando pelas ruas e buracos do nosso pequeno vilarejo, descobri os artistas, contadores de histórias e religiosos apaixonados que me ensinaram mais sobre a vida do que qualquer ocupação normal faria. Informalmente me iniciaram na leitura, nas artes e nos mistérios do universo. Com o carvão que cato das fogueiras reproduzo o rosto de qualquer pessoa em poucos minutos e sou capaz de confundir qualquer adulto pouco esclarecido em uma conversa sobre quase qualquer assunto.

Habilidades idiotas e inúteis, como diz meu pai.

E meus pais não sabem, mas mesmo apoiado em uma muleta sou capaz de limpar e cortar uma peça de carne melhor que meu irmão mais velho ou meus irmãos caçadores.

Nossa casa é boa, já me acostumei com o cheiro de fumaça que impregna a única casa de pedra da aldeia, mais uma coisa para nos fazer diferentes do resto do povo. É um cômodo feito de rocha sólida, restos de um antigo moinho que meu pai adaptou para moradia e armazenagem. Dormimos e defumamos nossa carne, quando é necessário, nesta peça, mas todo o trabalho do açougue é feito em um amplo cômodo de madeira ligado a este de pedra por um curto corredor sem paredes laterais.

A peste dos porcos pegou minha família de jeito. A pequena criação que abastecia nosso açougue foi praticamente dizimada. Tentamos de tudo para manter nossos animais vivos, mas perdemos de vez todos os porcos quando algum bandido aproveitador iludiu meu pai vendendo-lhe uma espécie de terra escura com cheiro de cadáver que prometia ser um ótimo remédio contra a doença ao ser consumida junto com a ração, mas que era na verdade um veneno ainda mais mortal. Carne passou a ser artigo raro até mesmo para os mais afotunados. Pelo que soubemos a mesma peste atingiu todas as aldeias da região. Pouco tempo depois nosso bondoso Rei declarou a floresta como território proibido para quem não fosse nobre e decretou que qualquer caça abatida sem autorização da Casa Real seria punida com execução do infrator em praça pública.

Felizmente volta e meia algum nobre nos trazia sua caça ou até mesmo o proprio Rei nos contratava para fazer o trabalho de cortar e limpar os animais que os nobres abatiam. Sempre sobrava alguma parte considerada de menor importância culinária que nos deixavam trazer para casa e aproveitar como melhor nos conviesse.

Não muito depois disso começaram os problemas com os trolls.

Ocasionalmente os trolls roubavam um porco vivo ou até mesmo uma peça deixada no açougue. Mas, como não gostavam de se arriscar, mantinham-se afastados. Com a escassez e com toda a nobreza retirando sua carne da floresta começaram a acontecer alguns confrontos. Mas a situação ficou crítica quando um nobre foi morto por um troll em uma disputa por um cervo. Após devorar o cervo o troll achou por bem provar carne humana.

Infelizmente, para a nossa espécie, desde então carne humana passou a ser um vício para alguns desses trolls. Se não fosse pela limitada inteligência desses seres a raça humana da região teria sido aniquilada em meses. Mas apesar de algumas habilidades interessantes, como a perfeita imitação da voz humana e um apuradíssimo olfato, os trolls são basicamente estúpidos e supersticiosos. Acreditam facilmente em alguém habil com as palavras ou que mostre alguma coisa que eles considerem "magia" ou "coisa do além".

Quando acordei naquela manhã me admirei do dia claro com céu limpo, pois lembrava de ter ouvido pelo menos meia dúzia de sons que pareciam trovões durante à noite. No final da manhã somente meu pai estava no açougue, havia saído logo cedo. Não se conformava em ter as bandejas vazias e nada para oferecer aos clientes, nada com o que pudesse sustentar a família. Nesses dias era melhor eu nem abrir a boca, uma boca a mais era algo que meu pai não queria perceber naquela situação. Todos nós, minha mãe e meus irmãos, ficamos no cômodo de pedra envolvidos em outros afazeres ou simplesmente poupando energia enquanto a comida não vinha. O estoque de cereais já estava quase acabando e vivíamos racionando o que restava. Nossos vizinhos que antes nos invejavam agora riam por detrás das portas e janelas por possuírem ainda o cereal tão pouco valorizado antes da peste.

Um grito curto e um baque seco foi a primeira coisa que ouvimos. Minha mãe agarrou um machado e foi pé por pé até o cômodo de madeira que chamávamos de açougue. O grito dela foi mais alto e longo, mas seguido de silêncio, como o outro. Pedro quis ir logo verificar o que havia acontecido, mas teve que acalmar as gêmeas que começaram a chorar histericamente. João e José, sempre tão brincalhões e debochados estavam quietos e com os olhos arregalados. Ao final de uns quinze ou vinte minutos ouvimos nossos pais conversando nervosamente com outras duas pessoas. O primeiro, que parecia ser quem dava as ordens, tinha uma voz grossa e retumbante, o outro uma voz rouca com alguns espasmos agudos. Não conseguíamos ouvir exatamente as palavras, mas certamente eles não trocavam elogios. Ordens truculentas por parte dos invasores e negações por parte dos meus pais foi tudo o que conseguimos perceber. Pedro encheu-se de coragem e decidiu fazer algo, apesar das súplicas das gêmeas de que não as deixassem. Pedro sempre gostou de usar o cutelo e foi com ele em mãos que se dirigiu ao açougue. Dessa vez nem o grito ouvimos, somente o baque de um corpo caindo.

As gêmeas continuaram seu choro irritante e meus outros irmãos pareciam paralisados. O silêncio vindo do açougue foi quebrado pelas vozes de meus pais se alternando em nos chamar. *Venham, meus filhos, está tudo terminado agora; sim, crianças podem vir nos ajudar a limpar a bagunça.* Meus quatro tolos irmãos foram sem demora, ainda que eu os alertasse que algo parecia muito errado. Aguardei com minha irmã menor o desenrolar dos acontecimentos, ninguém nunca me escutava mesmo.

Muitos gritos angustiados e barulhos de luta foi tudo o que ouvi por alguns minutos. Então vieram os pedidos. *Salve-nos, Guilherme, precisamos de você; filho, é sua mãe quem chama, é só você vir aqui que eles nos deixarão ir, confie em mim; venha até aqui neste exato minuto, meu filho, obedeça a seu pai agora mesmo.*

Tão logo perceberam que eu e minha irmã não iríamos sair do nosso abrigo as duas vozes começaram a discutir entre si. Precisei chegar o mais próximo possível da estreita porta de pedra que dava para o açougue para conseguir ouvir pelo menos parte da conversa.

— Eu disse para você não fazer barulho! Como vamos fazer os outros dois virem pra cá agora?

— Da mesma maneira que fizemos estes virem, chamando eles com aquelas vozinhas engraçadas. E eu não fiz barulho só dei alguns tapas e tentei não estragar muito a carne, eu e papai detestamos carne estragada!

— Idiota! Você fez muito barulho, sim. Você sempre faz muito barulho, de madrugada ficou dando aquelas cabeçadas na pedra para tentar passar pela porta, você é tão burro quanto gordo! Ainda bem que eles não acordaram!

— Papai não me acha burro, e gordo você também é, também não passou pela porta!

— Eu sou forte, isso sim, e dessa vez você é quem vai imitar as vozes, minha garganta já está ardendo.

— Deixe aqueles dois pra lá! Já temos sete aqui conosco. E além do mais um deles tem uma perna estragada, e eu detesto...

— Sim, já sei, você detesta carne estragada, mas podemos cortar a perna fora e comer o resto, e além do mais tem uma pequena com ele, ou seja, carne bem macia, eles podem ser nosso lanche antes de levarmos o resto da carne para o papai. Comece logo a chamar nosso lanche, irmãozinho.

Agora que eu já sabia o que estava acontecendo as vozes dos trolls imitando meus pais pareciam ridículas. Algo precisava ser feito, e rápido.

Fui o mais silenciosamente possível até a porta do açougue que agora estava fechada. Mesmo mancando consegui caminhar em silêncio suficiente para que eles não me ouvissem e entre as frestas da porta pude ver as duas grandes caras feias daqueles sujeitos. Meus pais e irmãos estavam todos no chão toscamente amarrados e inconscientes. Voltei o mais rápido que pude para a casa de pedra aonde estaria salvo dos trolls.

A única idéia que me veio a mente me pareceu absurda, mas era a única maneira de eu colocar algumas das minhas habilidades em prática. E eu precisaria de um bocado de sangue frio para que ela funcionasse.

— Acho bom vocês soltarem minha família se não quiserem que eu faça o mesmo com a família de vocês! — gritei o mais alto que pude.

Depois de alguns segundos de silêncio seguido de minutos de gargalhadas eles responderam.

— E o que um pirralho manco como você poderia fazer com a nossa família que está bem protegida no meio da floresta. Venha até aqui menininho para que possamos conversar melhor.

— Vocês me veem como um menininho, mas eu sou bem mais que isso. Sou um mago muito poderoso! Como acham que eu sabia quem vocês eram?

Mais gargalhadas, mas eu já sentia alguma tensão no ar por ter falado em algo sobrenatural.

— Você é só um pirralho manco mesmo! Nem sei como seu pai deixou que você vivesse até agora! Geralmente crianças mancas são abandonadas logo cedo.

— Mais uma prova de que eu sou um mago mesmo e de que vocês são muito burros se nunca ouviram falar do açougueiro que fez um pacto com o diabo para ter um filho bruxo na família.

Agora não gargalhavam mais.

— Pacto com o diabo?

— Exatamente. Meu pai já tinha cinco filhos sadios, mas queria que algum deles tivesse conhecimento das ciências ocultas a fim de proteger a família de ameaças como vocês. Para isso invocou o próprio demônio e propôs uma troca com ele. Estava disposto a dar uma orelha, um nariz ou até mesmo um olho de qualquer dos filhos para que algum deles tivesse poderes sobrenaturais. O capeta disse que estes já nascidos não poderiam ser bruxos, mas que se eles tivessem outro filho poderia conceder a ele alguns poderes em troca de uma perna, nada menos que isso, caso contrário o menino seria uma ameaça até mesmo para ele.

Meu pai concordou e cá estou eu. Quase tão poderoso quanto o capeta.

Silêncio total. Eu havia contado uma boa história.

— Bom, já vi que vocês só acreditam vendo. Depois não digam que eu não avisei!

Agarrei um pedaço de carvão e uma folha de papel e comecei a rabiscar. Eu havia dado uma boa olhada naquelas caras feias. Procurei desenhar um rosto que guardasse os pontos em comuns dos dois, dei uma envelhecida nas feições e coloquei a cabeça em um corpo gordo e flácido. Completei o desenho com uma perna gorda de cervo sendo segurada por uma das mãos. Trabalhei mais alguns minutos nos detalhes e fiquei bem satisfeito. Se eu tivesse sorte os dois trolls teriam herdado mais a cara feia do pai do que da mãe.

— Pronto! Agora estamos quites! Vocês dizem o próximo passo.

Amassei o papel em uma bola e joguei meu trabalho na porta do açougue. A porta abriu lentamente e uma mão enorme levou o papel para dentro.

— Oh! Papai! — disseram os dois. Apesar de conhecerem desenhos nunca tinham visto um deles retratado com tanta exatidão e ainda mais alguém conhecido.

— Vocês prenderam minha família e eu prendi o pai de vocês nesse desenho. E então, podemos negociar?

— Diga como fazemos para libertar papai! Diga logo!

— Vocês não estão gritando com um bruxo, estão?

— Não! Quer dizer, sim! Ou melhor, vamos negociar senhor bruxo.

— Bem melhor. Cuidem bem do desenho, se estavam pensando em rasgá-lo para libertar o "papai" saibam que fazer isso só servirá para libertá-lo de continuar vivendo. É necessário um ritual complicado para deixá-lo livre e vivo.

— Esse pirralho está nos enganado! Não acredite nele, idiota! — disse o troll que estava no comando.

— Se vocês querem arriscar fiquem a vontade. — eu não podia demonstrar medo e desistir da minha última chance. — Assim como eu minha irmã também é uma bruxa e nem queiram saber que poderes o diabo deu para ela em troca da sua voz.

Senti uma certa indecisão por parte dos trolls. Felizmente o medo do sobrenatural e a natureza estúpida deles venceu.

— Certo, certo. Não vamos ficar nervosos. Negociar é bom. Como podemos chegar a um acordo?

— A solução é simples, vocês libertam minha família e eu liberto o pai de vocês.

— Ah, sim! Não somos tão burros assim! Se nós libertarmos sua família nosso pai vai ficar grudado naquele papel para sempre. Você liberta ele primeiro!

Claro que eu sabia que eles pretendiam que eu o "libertasse" primeiro para depois darem um jeito de me cobrirem de tapas tal qual o resto de minha família. Mas eu ja havia pensado em uma solução para esse pequeno problema.

— Certo, vocês quem sabem. Façam exatamente o que eu disser. Peguem uma dessas bandejas de pedra em cima do balcão e usem algumas pedras de carvão e lenha para acender um bom fogo sobre ela. — ouvi os dois se mexendo para fazer o que eu dizia e então continuei. — Bem no fundo do açougue, no quartinho colado a parede de trás tem um saco de terra escura com um cheiro que talvez vocês apreciem.

— Ugh! Parece cheiro de coisa morta!

— Quase isso, e terra de cemitério tirada de sepultura recém fechada. É isso que contém toda a magia do negócio. Peguem pelo menos dois punhados dessa terra e se preparem para jogar no fogo quando eu disser.

— Já pegamos.

— Certo. Assim que o fogo estiver forte joguem o desenho do pai de vocês na fogueira e cubram com os dois punhados de terra, mas certifiquem-se de que o fogo não apague. Esse é um momento importante do ritual, façam direitinho que eu daqui farei também a minha parte com as palavras mágicas e tudo mais. Não se esqueçam de ficar bem perto da fumaça e de dar uma boa respirada se querem que tudo funcione como deve, papai vai ficar muito feliz por ter sido salvo pelos filhos prediletos.

— Vai mesmo!

Eu só esperava que inalado pelos trolls o pó tivesse um efeito pelo menos semelhante ao que tinha ao ser ingerido pelos porcos. Ter sido ouvido uma vez na vida quando pedi que meu pai guardasse aquele pó escuro e mal-cheiroso para ser utilizado como veneno para ratos, ou algo semelhante, pode ter valido a pena, afinal de contas.

Aguardei alguns poucos minutos e quando já estava quase perdendo as esperanças ouvi o som surdo de duas cabeças ocas atingindo o chão. Corri o mais rápido que pude em meu passo claudicante e avistei as duas montanhas de carne se contorcendo ao lado da bandeja com fogo. Achei o machado de minha mãe caído aos pés dela, segurei o mais firme que consegui, levantei-o com alguma dificuldade e baixei aquela pesada ferramenta colocando toda a força que meu corpo fraco conseguiu reunir. Depois de três ou quatro golpes consegui separar a cabeça do corpo do primeiro troll, pelo mesmo processo decaptei o segundo.

Meu pai devia ter assistido boa parte do espetáculo pois já estava consciente e sorria para mim agradecido. Ajudei-o a desamarrar-se e juntos carregamos todos de volta para a casa de pedra, antes que acordassem.

Nos dias que se seguiram ajudei meu pai a arrumar a bagunça no açougue. Meus irmãos não haviam se ferido gravemente, mas necessitavam de alguns dias imobilizados em casa.

Parece que qualquer tapa daqueles brutamontes tinha efeitos destruidores nos frágeis ossos humanos.

Pude finalmente mostrar para meu pai minhas habilidades de açougueiro. Ajudei-o a limpar e cortar as duas peças com grande eficiência.

Pelos menos por alguns dias teríamos novamente algo para negociar no açougue. Um novo tipo de carne, ainda desconhecida no vilarejo, mas que parecia deliciosa.

Talvez, assim que revelássemos a origem da carne, não seriam mais os humanos a se preocuparem com as investidas dos trolls.

O Voo do Pássaro

Kathia Brienza

Sempre ouvi que Deus criou o homem e o colocou no mundo para trabalhar e cumprir seu destino. Arar a terra, alimentar os filhos, cumprir suas obrigações, evitar o pecado. Sofrer sem reclamar, aceitar as provações, abafar no peito os conflitos e as contradições.

E, depois da morte, seguir para a vida eterna, junto com os anjos e santos.

Mas por que isso não é o suficiente para algumas pessoas? Por que alguns têm sonhos, aspirações, fantasias? Por que querem mais do que podem ter? Por que eu sou assim? Desde pequeno sonhava em ver o mar, embarcar rumo ao desconhecido, percorrer o mundo. A vida no povoado onde nasci não me bastava.

Meu pai achava que essas ideias eram coisas do demônio, tentações que os anjos caídos sopravam-me aos ouvidos para me confundir. Dizia-me para rezar e esquecer tantas bobagens. Mas eu não conseguia.

Quando ele morreu, sofri, claro, mas também me senti livre. Agora poderia realizar meu sonho. Vendi o pouco que ele me deixara e parti para Gênova, a cidade grande que dominava o comércio da parte ocidental do Mar Mediterrâneo.

Gênova, a Soberba. Gênova, a Senhora dos Mares. A riqueza da cidade procedia em grande parte dos saques feitos pelos genoveses durante as cruzadas das quais participaram. As mercadorias vindas do Oriente Médio — seda, especiarias, pedras preciosas — e o estabelecimento de entrepostos comerciais em vários pontos do Mediterrâneo, do Mar Egeu e do Mar Negro fizeram com que a cidade se tornasse atraente e importante. Suas artérias pulsavam freneticamente com o transitar diário de comerciantes, banqueiros, aventureiros, meretrizes e mercenários, vindos de diferentes partes do mundo.

Ao chegar à cidade, Luigi correra para conhecer o cais. A princípio decepcionou-se, era tudo muito sujo, bem diferente dos campos em que crescera. Mas, com o passar das horas, seu sonho falou mais alto e ele começou a achar beleza nos detalhes. As cordas, as cores, as gaivotas. Os nomes dos navios, pintados na proa, as velas desfraldadas, enfunadas pelo vento, os homens com um andar balouçante, de quem passa muito tempo equilibrando-se sobre as ondas. O cheiro que vinha do mar. Era naquele ambiente que sonhava trabalhar e viver.

Luigi observou e, algum tempo depois, três homens se aproximaram e puxaram conversa com ele. Eram franceses, mas, apesar do sotaque, conseguiram se entender bem. Fizeram perguntas, mostravam-se alegres e amistosos e o garoto falou muito.

Então, eles fizeram a proposta: iam zarpar em uma galé, naquela mesma noite, rumo a uma das possessões genovesas, a ilha de Tabarka, na Tunísia, e precisavam de mais um marinheiro para compor a tripulação. Uma pontinha de suspeita tentou aparecer para Luigi, mas ele preferiu ser otimista. Tudo estava dando certo! Ia tornar-se um marinheiro, um mercador! Esse era o seu destino. Jaques, Bertrand e Marcel não haviam surgido em seu caminho por acaso, seriam os amigos que o conduziriam para o mundo das navegações, das aventuras, da superação de limites.

✦

Aquela noite de agosto estava morna, abafada, sem vento e sem luar. O taverneiro já pensava em fechar as portas quando o grupo entrou no estabelecimento, com estardalhaço.

Três homens fortes, com aspecto desleixado traziam, apertado entre eles, um rapazinho que deveria ter treze ou catorze anos. Um dos homens, o que parecia liderar o grupo, aparentava ter cerca de quarenta. Trazia uma cicatriz bem no meio da face direita, o que lhe conferia um aspecto de malfeitor.

Os outros dois eram um pouco mais jovens. O mais alto tinha o rosto pálido, magro. O último era loiro, de estatura mediana, com músculos bem marcados sob a roupa surrada. Seu sorriso era um esgar, que traduzia o deboche com que encarava a vida.

Após arrastarem os bancos de madeira, sentaram-se, e o homem da cicatriz gritou na direção do taverneiro:

— Ei, você aí, vai nos servir ou não vai?

Acostumado a comportamentos rudes e versado em evitar conflitos com fregueses, o taverneiro apressou-se a colocar um jarro de vinho e quatro copos sobre a tosca mesa de madeira. O garoto permanecia quieto, olhando para o copo cheio de vinho, à sua frente.

— Vamos, Luigi, beba! — disse o líder, em tom encorajador. — Você quer ou não ser um marinheiro como nós?

— Você tem de provar que é um homem de verdade, e não um menininho que ainda suja os panos. E homens de verdade sabem beber! — afirmou o loiro antes de entornar o próprio copo.

Em algum lugar da alma do taverneiro, um leve sentimento de compaixão pelo menino quis se manifestar. Ele já vira cenas parecidas outras vezes e podia prever o propósito dos homens ao embebedarem o garoto. Nem todos os estivadores e marinheiros saíam à noite em busca de mulheres... Havia meninos que aceitavam a prática de bom grado, em troca de moedas ou de um prato de comida. Outros, entretanto, eram levados à força. Se fossem previamente embriagados, a tarefa se tornava mais fácil para os corruptores. Parecia que era o caso dessa vez... Mas, o que ele poderia fazer? Afogou a piedade pelo menino sob seu dever de apenas servir bebidas e ganhar o sustento da família. Não podia se intrometer.

Pela expressão do rosto do garoto, podia-se perceber que ele não estava acostumado a bebidas. Cada vez que o copo se esvaziava, um dos homens o enchia de novo.

— Ei, Jaques, não vá deixá-lo bêbado demais — advertiu o loiro. — É bom que ele pelo menos se equilibre nas próprias pernas.

— Não se preocupe, Marcel. Ele já está quase no ponto! — respondeu o homem da cicatriz.

— É bom, mesmo, estou com pressa de me divertir — disse o loiro, dirigindo um olhar ávido para a vítima e soltando uma risada sinistra.

Vários jarros haviam sido servidos e o garoto estava visivelmente bêbado e vulnerável. Os três homens nem perceberam a inquietação do taverneiro. Divertiam-se como certos predadores que brincam com suas vítimas antes de devorá-las. Gargalhavam, inebriados pelo álcool e pelo prazer que a situação lhes proporcionava, quando dois cavaleiros entraram na taverna e dirigiram-se ao balcão.

— E então, velho Giacomo, como vão os negócios?

— Meus senhores, quanta honra! — o taverneiro sorriu, nervoso. — Quanta honra, Dio mio... — e com um pano que trazia pendurado no ombro começou a limpar o balcão.

— O que é isso, Giacomo? Não se perturbe por nossa presença — disse o mais velho, tentando diminuir o constrangimento do proprietário.

— Será que você tem aí um bom vinho para nos servir? — indagou o cavaleiro mais jovem.

— Claro, claro, meu senhor. Vou ao depósito, buscar o que há de melhor em minha humilde casa.

✦

Os marinheiros ignoravam quem eram os homens distintos, mas pressentiam que eles poderiam atrapalhar seus planos. Deviam ser importantes, pelo jeito com que o taverneiro os atendia. Marcel consultou o líder do grupo, preocupado:

— Não é melhor sairmos daqui, Jaques?

O outro concordou. O taverneiro voltava do depósito com uma garrafa com rótulo dourado, para servir aos nobres senhores.

Jaques pagou as despesas, enquanto os companheiros sustentavam Luigi, um de cada lado, a fim de que ele conseguisse caminhar. Ao sair, o grupo passou pela mesa dos recém-chegados. Neste momento, o olhar do garoto encontrou-se com o do cavaleiro mais jovem.

Pararam em um dos becos escuros e estreitos da região portuária de Gênova, não muito distante da taverna. O cenário era apropriado para os propósitos sórdidos dos marinheiros. Ao perceber que não o levariam para a galé, conforme o prometido, Luigi tentou se soltar e correr, mas sua cabeça estava entorpecida e as pernas não o obedeciam. Jaques o segurou, mas ele começou a se debater.

— Aonde você pensa que vai, passarinho? — disse Bertrand, com uma voz em falsete. — Quer voar para longe, justo agora?

— Vou acalmá-lo já — e Marcel desferiu com violência um soco no rosto de Luigi. Um fio de sangue escorreu pelo canto de seus lábios. A fisionomia do homem demonstrava sua excitação. Ele levantou novamente a mão.

— Para de lhe bater, Marcel, e tira-lhe a roupa logo! — ordenou Jaques, arreando as calças.

— É, não estrague o rostinho dele — disse Bertrand, segurando o queixo de Luigi para lamber-lhe o sangue e deixando em seu rosto um rastro de saliva que enojou o garoto.

Ele tentou lutar, mas Bertrand e Marcel o imobilizaram por completo. Jaques aproximou-se com o pênis entumescido, pronto para a penetração. Agarrou os cabelos de Luigi e puxou-os, forçando sua cabeça para trás. Os companheiros o olhavam com cobiça, cada qual desejando que sua vez chegasse o mais rápido possível.

— Vamos ver se agora você se porta como homem! Lembre-se: o bom cabrito não berra... — disse o líder. E os três homens gargalharam, enquanto as lágrimas de raiva e medo molhavam as faces de Luigi.

Foi quando ouviram uma voz forte e autoritária ecoando pelo beco: — Sodomitas malditos! Larguem o garoto!

Por um breve instante, todos ficaram parados, sem entender o que estava acontecendo. Viram, então, saindo da penumbra, os dois nobres da taverna.

Marcel soltou o garoto, deixando-o aos cuidados de Bertrand, e puxou uma faca do cinturão:

— Não se metam, isso é assunto nosso! — gritou.

— Soltem o menino e nós deixaremos vocês irem embora — replicou um dos cavaleiros.

— Vocês querem o garoto para vocês? — ironizou Marcel — Então venham pegá-lo! — e brandiu a faca no ar.

Os olhos do adversário ficaram injetados de sangue.

— Somos homens e, não, bestas como vocês!

Bertrand segurava Luigi com força. Jaques já fechara a calça e, empunhando outra faca, foi o primeiro a avançar.

✦

Foi um combate intenso, rápido e desigual. Os cavaleiros, Ettore e Alessandro, possuíam técnicas de ataque e defesa, ao passo que os marinheiros desferiam golpes quase às cegas. Com movimentos ágeis, Ettore, o jovem, desviou o corpo quando Marcel tentou atingilo, agarrou-o por trás e torceu-lhe o pulso, desarmando-o. A seguir, acertou-lhe dois socos, um na altura do estômago e outro no queixo, e o loiro despencou de costas na rua.

Enquanto isso, Alessandro movimentava-se em torno de Jaques com rapidez inacreditável, deixando o marinheiro tonto. Em dado momento, Jaques tentou ferir o cavaleiro, jogando o peso de seu corpo para frente e usando a faca como uma extensão do braço. Mas, devido à habilidade do oponente (e ao consumo de álcool), perdeu o equilíbrio e caiu. Alessandro pisou em seu pulso e ele soltou a arma.

Percebendo que seria o próximo a enfrentar a ira dos cavaleiros, Bertrand tirou um porrete de dentro da capa e desferiu com força um golpe na cabeça de Luigi. Enquanto este tombava, desfalecido, saiu correndo. Os cavaleiros correram na direção do menino, enquanto os outros dois marinheiros também aproveitavam a oportunidade para escapar, covardemente.

— Devo ir atrás deles? — perguntou Alessandro.

— Não — disse Ettore. Ajoelhou-se ao lado de Luigi e colocou a mão sobre seu peito. Sentiu o coração batendo forte e apressado. — Chame o cocheiro para colocá-lo na carruagem. Não podemos deixá-lo aqui.

✦

O pássaro cortava o céu límpido em um voo solitário. Ia cada vez mais alto, subindo em uma trajetória vertical, rumo ao desconhecido. Passou a planar, asas abertas contra o fundo azul, sem medo, sem objetivo, como se tempo e espaço não existissem. Apenas voava, desfrutando a natureza, sua própria natureza de pássaro, e a que se descortinava diante dele. Foi quando avistou o mar. Pareceu-lhe um outro céu, um céu líquido, de superfície crespa. Enviesou para baixo, atraído pela grande massa de água. Ao se aproximar, viu as embarcações e, dentro delas, os homens.

O pássaro continuava em seu voo exploratório, observando esse novo mundo desconhecido até o instante em que sentiu a dor. Uma dor aguda, profunda, que lhe tomava todo o peito. Não sabia o que estava acontecendo, mas não conseguia manter a altura do voo. Tentava bater as asas, desesperado, porém elas não o obedeciam. Caía, numa velocidade cada vez maior. Desesperava-se. Sabia que o céu líquido que tanto o atraía seria sua sepultura. Não havia nada que pudesse fazer, apenas deixar-se tombar até mergulhar no abismo azul da morte próxima.

Luigi acordou, sobressaltado. Levou as mãos ao peito encharcado de suor. Não sentia mais a dor, não era mais um pássaro. Sentou-se, o lado esquerdo de seu rosto doía. Apalpou o local, estava inchado. Olhou ao redor e não reconheceu o quarto, que era enorme, maior do que uma casa inteira das que ele já conhecera até então. A cama confortável, os travesseiros grandes e macios, tudo muito limpo. Onde estava?

— Até que enfim acordaste, hein?!

Luigi viu seu interlocutor, que avançava pela porta. Era um homem alto e gordo, de meia idade, barbudo, com um ar ao mesmo tempo rude e dócil. Trazia uma grande bandeja nas mãos. Apesar de amedrontado, o garoto sentiu uma mistura de aromas que lhe perturbaram o espírito. Sua boca encheu-se de água e o estômago roncou: estava faminto!

— E então, rapazote? O gato comeu tua língua? Deves estar com fome, não é mesmo?

— Sim, senhor...

O homem apoiou a bandeja no colo do garoto. Havia sobre ela um grande pedaço de pão e uma tigela de caldo quente.

— Toma, isso vai te fazer bem! — sorriu. — Meu nome é Bernardo e sou o cozinheiro do castelo. Deves ter percebido pelo meu sotaque que não sou genovês. Sou português, mas já aprendi bem a língua local. Meus patrões me mandaram cuidar bem de ti.

Luigi sentia-se desnorteado. Queria fazer uma série de perguntas ao cozinheiro, no entanto o apelo do estômago vazio foi mais forte do que a curiosidade. Mergulhou um naco de pão no caldo, que desprendia um odor inebriante. Ao levá-lo à boca, sentiu a mesma dor do sonho, aguda, profunda. Mastigou com cautela e tentou recordar como fora parar ali. Lembrou-se dos marinheiros franceses. Ah, havia pessoas no mundo que se divertiam em fazer o mal aos outros... E quem seria uma presa mais fácil do que ele, um camponês ingênuo que saía pela primeira vez do pequeno vilarejo em que nascera?

Luigi parou de comer e cobriu os olhos, sentindo-se envergonhado e entristecido pelas recordações. Estava sem dinheiro, sem sonhos, sem nada.

— Ah, senhor, que infortúnio se abateu sobre mim... — murmurou Luigi, suspirando.

— O que é isso, rapazote? Não aconteceu nada de ruim, pelo que estou sabendo. Deves dar graças porque estás vivo, abrigado e com um prato quente de comida nas mãos. E, modéstia à parte, comida da boa!

Com os olhos marejados, o garoto mergulhou outro pedaço de pão na tigela, enquanto ouvia o discurso de Bernardo:

— Coragem! Tu és um gajo de muita sorte, isso sim! A essas horas poderias estar morto e ninguém daria falta da tua presença! Ao invés disso, vieste parar em uma das casas mais ilustres de Gênova, conduzido pelas mãos abençoadas dos nobres senhores que te livraram dos bandidos.

— Por que eles me salvaram?

— Porque são homens bons! Eles também me salvaram, há muito tempo, lá na minha terra. Qualquer dia te conto essa história. Não conheço homem mais justo que Dom Alessandro, nem ninguém possuidor de coração mais bondoso do que Dom Ettore. E tu, rapazote, tens uma boa estrela, que fez com que eles cruzassem teu caminho na hora certa, bem a tempo de te salvar dos abutres!

E Bernardo soltou uma forte gargalhada, que chacoalhou sua imensa barriga e fez com que Luigi se esquecesse da dor e também risse.

No terceiro dia, Luigi já estava completamente recuperado e pronto para ir embora. Dom Ettore e Dom Alessandro haviam mandado recados para ele por meio de Bernardo. Ofereciam- lhe a oportunidade de ficar em suas terras, como aprendiz de algum ofício ou também poderiam conseguir engajá-lo em alguma tripulação que estivesse prestes a sair de Gênova — afinal, eram pessoas influentes e isso não seria difícil para eles.

O garoto comunicou a Bernardo que aceitaria a segunda opção. Queria realizar seu sonho e seria eternamente grato a seus benfeitores. Entretanto, sentia-se um pouco frustrado por não haver recebido a visita de nenhum dos dois. Como se tivesse lido seus pensamentos, Bernardo comentou:

— Sabes, os senhores são muito ocupados. Os dois vieram visitar-te, sim, mas como chegavam sempre muito tarde, tu estavas sempre a dormir.

O cozinheiro também trouxe a notícia de que tudo já estava arranjado e Luigi embarcaria em dois dias para Trípoli. O garoto ficou radiante! Como dizia Bernardo, ele tinha muita sorte.

Luigi resolveu aproveitar seu último dia em Gênova para conhecer a cidade. Bem vestido, com roupas novas fornecidas por Bernardo, sentiu-se bem ao andar pelas ruas movimentadas. Observou as negociações dos comerciantes, viu a fila de casas encostadas às muralhas carolíngeas, onde moravam os Doria, a família mais importante da cidade. Passou pela Catedral de San Lorenzo, próxima à Porta de Serravalle, para pedir proteção a Deus e rezar pela alma de seus pais.

Já estava anoitecendo quando se dirigiu ao castelo. Ao entrar, avistou seus benfeitores descendo as escadarias que levavam ao porão. Decidiu ser ousado e ir atrás deles: queria agradecer pessoalmente e aquela talvez fosse a última oportunidade.

Conforme descia os degraus de pedra, a escuridão ia aumentando. Por que não colocavam tochas para melhorar a iluminação? Finalmente, viu uma porta semiaberta.

Passando por ela, Luigi entrou em um grande salão. Por alguns instantes, acomodou a visão à claridade das chamas de algumas velas. O cheiro do lugar era insuportável. Quando o garoto distinguiu os vultos, achou que havia cruzado as portas do inferno.

Em um canto havia uma pilha de ossos humanos. No alto estava o corpo de Jaques, o líder dos marinheiros. Devia estar morto há uns dois dias e, pelo tom de sua pele, não deveria ter sobrado uma única gota de sangue em seu corpo.

Do outro lado do cômodo, pendurados pelos braços a uma trave de madeira presa ao teto, estavam Marcel e Bertrand, inconscientes. E, atracados a seus pescoços, sugando-lhes o sangue, estavam os benfeitores de Luigi, Dom Alessandro e Dom Ettore!

Luigi quis sair correndo, ir para longe daqueles monstros, se salvar! Ao se virar, deu de frente com Bernardo, que franziu o cenho:

— Ah, rapazote, não sabias que a curiosidade matou o gato?

✦

Agora estavam todos sentados no porão, em volta de uma mesa. Marcel e Bertrand ainda estavam pendurados, do outro lado. A tortura deles talvez durasse mais um dia, porque os cavaleiros os sugavam aos poucos, prolongando-lhes o sofrimento.

Luigi estava em choque, aterrorizado. Já ouvira histórias de cadáveres que se levantavam das tumbas e passeavam pelos bosques, já ouvira falar sobre feitiços que poderiam transformar homens em animais, tinha até um amigo no seu vilarejo que jurava ter visto um lobisomem. Mas, agora, era diferente. Era com ele que aquilo estava acontecendo. Via os olhos bondosos de Ettore e sua boca ainda manchada de sangue; as presas afiadas e compridas que surgiam entre os lábios de Dom Alessandro destoavam da aparência distinta do senhor de cabelos grisalhos.

O garoto queria acordar, só que não estava em um sonho, tampouco em um pesadelo. Mas aquilo não podia ser real!

— Por que vieste aqui? — Bernardo quebrou o silêncio. — E já ias embora amanhã...

— Não poderei partir? — balbuciou Luigi, com voz trêmula.

— O que você acha? — perguntou Dom Alessandro, com plena tranquilidade.

— Eu juro que não falo nada para ninguém...

— Acho que você ainda não entendeu, Luigi — disse Ettore, pausadamente, como um professor que explica uma lição a um aluno. — A situação é muito delicada. Ajudamos você, naquela noite, porque vimos em seus olhos a inocência e o medo. Você não tinha chance contra aqueles três covardes.

— Só vim aqui para agradecer...

Luigi começou a chorar, desesperado.

— Foi um imprevisto! Uma lástima, realmente! — comentou Bernardo, triste. Tinha se afeiçoado ao garoto.

— Sejamos práticos — disse Alessandro. — Não queremos fazer mal a você, mas não podemos correr o risco de vermos nosso segredo se espalhar pela cidade, o que nos obrigaria a sair correndo para outro lugar antes que começassem a nos caçar.

Luigi olhou para o homem, apavorado. Ele prosseguiu, como se fosse um juiz ditando uma sentença.

— Infelizmente, você terá que morrer. Mas não vamos fazê-lo sofrer, isso só fazemos com bandidos, porque eles merecem receber de volta um pouco do que causaram a outras pessoas. Bernardo, prepare um belo jantar. Será a última refeição de Luigi.

A vida é feita de escolhas. Vamos trilhando nossa estrada e, de repente, aparecem obstáculos ou encruzilhadas e nos vemos forçados a optar por este ou aquele caminho. Nunca saberemos se a escolha feita foi a melhor, mas foi a que nos proporcionou o restante da vida que levamos.

Na véspera do meu embarque para Trípoli, após minha última refeição, me foram apresentadas duas opções de morte. Eu poderia morrer sem sentir dor e encerrar minha curta existência como a conhecia.

Ou não.

Escolhi a segunda opção. Tornei-me Renato, um primo distante de Dom Ettore. Tomei um banho de cultura e refinamento, precisei aprender muitas coisas. Conheci o mar, viajei muito, participei de batalhas, conquistei belas mulheres. Talvez eu tenha perdido minha alma e esteja condenado à danação eterna no inferno. Talvez algum demônio tenha me soprado aos ouvidos a resposta que dei aos cavaleiros naquela noite. Quem saberá? Paguei um preço alto para saciar minhas ambições, precisei fazer uma escolha difícil. Sorte? Maldição? Destino?

Devo confessar que sou feliz. Decidi morrer aos catorze anos para ter uma vida diferente, eterna, como vampiro. Não posso me queixar.

Uma Guerra e Três Traições

Antônio Augusto Fonseca Jr.

O Senhor da Morte passava pelo campo de batalha distribuindo passes para o Inferno. A alma do pobre coitado diante de Sorënn já estava erguendo a mão para pegar a passagem. Estava claro no rosto lívido e escancarado na perna arrebentada que criara aquela poça de sangue.

— Levante-se, senhor — gritou um dos homens de sua guarda pessoal. Ele era rei e tinha que ficar de pé.

O peso da armadura o puxava para baixo. A mão estendida do moribundo o pedia para ficar perto.

— A benção... A benção do rei – gritava o soldado.

Olhou para a perna arrebentada, vendo os músculos estraçalhados e pedaços do fêmur expostos. Respirou fundo e apontou-lhe a mão enquanto sua guarda especial gritava para que erguesse a espada.

— Eu o absolvo do Inferno — falou, como apenas um rei poderia fazer.

Nem teve tempo de ver se o soldado ouvira. Levantou as mãos cheias de sangue e pegou a espada de volta. Viu de relance o estandarte tremulante. A fênix vermelha balançava com o fundo branco. Era um pano sujo de fuligem e terra, furado por projéteis e rasgado por lanças, mas enquanto ele estivesse de pé, seus homens pressionariam.

— Karhold! — gritou ao levantar a espada.

— Karhold! — os homens-de-armas gritaram.

— Karhold! — O grito se espalhou pelas fileiras. Pulmões cansados se expandiram para puxar ar e berrar com orgulho aquele nome, pois aquele era um dia de glória e os humanos estavam vencendo. A espada de Sörenn, rei de Karhold, desceu brutal como o convite da morte, retalhando a cabeça de um elfo. O crânio se partiu e um pedaço da orelha pontuda voou pelos ares enfumaçados do campo de batalha.

— Desgraça dos elfos, glória dos homens! — gritou um dos seus guardas.

Sörenn viu o homem avançar matando. Pisou sobre o elfo que acabara de derrubar e prosseguiu para batalha. Havia mais orelhas para cortar. Naquele dia, a festa no Inferno seria para os elfos.

Os Senhores das Portas do Inferno pareciam dispostos a equilibrar os destinos dos povos naquele dia. Enquanto ao sul elfos sucumbiam diante da fúria humana, no norte esse mesmo povo de orelhas pontudas matava com a perfeição que somente a vida longeva preenchida com guerra poderia dar. Dieudath movia seu cavalo entre as hostes dos anões, arrancando sangue com golpes precisos. O animal movia os cascos pesadamente, amassando a relva ensangüentada e evitando pedaços de carne e ossos. Ao lado de Dieudath, o estandarte do maior dos generais élficos tremulava incólume. Sua guarda pessoal o seguia arrebentando com as defesas do povo da pedra.

A luta já estava próxima do fim. O braço do elfo, cansado de tando estender o aço ensangüentado para os futuros cadáveres, finalmente parou de se mover. Observou em volta despreocupado, enquanto seus soldados matavam ou morriam para protegê-lo. Restava pouco da formação do exército dos anões. A elite recuara para proteger a entrada da colina enquanto os sobreviventes debandavam para suas moradas subterrâneas. Aqueles brutos realmente pensavam que estariam a salvo debaixo da terra.

— Faça sinal para o exército recuar — ordenou o general.

O porta-estandarte não questionou a ordem. Mesmo com os olhos vidrados e ávidos pela matança daquela raça impura, obedeceu e tocou uma das trombetas. Alguns elfos demoraram a sair do frenesi da luta, arrancaram algumas vidas com as espadas ou atiraram nas costas robustas dos anões que recuavam. Enfim, desceram a colina e baixaram as armas, esperando. A ação deles acabara.

— Solte os dragões — disse o general, quando entregava a espada para um servo limpar.

O som da trombeta foi seguido por seis urros abissais. Era o momento das bestas. As criaturas do inferno alçaram vôo uma a uma. Circularam o exército anão e assistiram aqueles soldados miúdos tentarem acertar-lhes setas de bestas. Os elfos suspiraram quando a descida fatal começou. As chamas dos dragões infernais dizimaram a elite do exército anão. Já pousadas, as feras caminharam rasgando corpos e alimentando-se da carne queimada.

— Libere o Inferno nas casas deles — disse Dieudath.

O porta-estandarte tocou sua trombeta e os magos imperiais fizeram sua magia. Obedientes e querendo mais mortes, os dragões se aproximaram da entrada da cidade anã. Alguns cavaram até encontrar uma passagem. Cada um inseriu a cabeça gigante em um túnel e seguiu as ordens perfeitamente. Despejaram todo o mar de fúria do Inferno nos corredores da cidade.

Dieudath não precisava confirmar que havia anões queimando com a pele derretendo ou os ossos se enegrecendo. Ao seu lado, um dos sacerdotes élficos sorria. Os Senhores do Inferno só deixavam as almas atormentadas dos clérigos rirem quando estavam alimentados. Assim, o general tinha certeza com uma única prova. Um único sorriso equivalia ao sofrimento de milhares de seus inimigos.

O clérigo estava sisudo. Tinha aquela expressão amargurada de quem se entrega à religião e depois afoga seus sonhos em meio às promessas, acusações e dinheiro. Sörenn observava aquela face que tão raramente se dispunha a sorrir. Todo o salão do ar se calara para esperar que rei e sacerdote parassem de se encarar. Esperavam para ver quem realmente tinha poder sobre Karhold; o Templo do Senhor Único ou a realeza que hás quatrocentos e trinta anos comandava o reino.

— Ainda não acabou — falou o clérigo. Tinha na voz um veneno azedo que matava com poucas gotas.

— Há um império inteiro de elfos me alertando sobre isso, meu irmão.

O clérigo cuspiu nos tapetes. Passou os dedos pelos cabelos raspados, arranhando a cabeça com as unhas pintadas de preto.

— Sem a benção do Senhor Único, você nunca conseguirá livrar Karhold do Inferno.

— Senhor — disse Sörenn. — Você está diante do meu trono, sacerdote. Vai me chamar de senhor.

O homem cuspiu de novo. Seus olhos tinham veneno.

— Ainda não acabou. Vai precisar da cavalaria clerical. Venceu sem eles, mas ainda vai precisar de nós.

Sörenn apoiou o rosto na mão. Estava ferido, cansado e nervoso. Sentia os olhares de seus comandantes e dos nobres sobre sua pessoa. Havia medo na maioria deles. Ninguém gostaria de ir para o Inferno e viam que suas duas melhores chances de escapar disso estavam debatendo agora à sua frente. E o momento de seu corpo se despedaçar e liberar a alma estava próximo. Os elfos batiam às portas do reino com marretas ensangüentadas, loucas para vingar a bela e terrível Batalha dos Montes, em que Sörenn de Karhold vencera um dos grandes generais, dizimara sua cavalaria e ainda levara para casa um balde cheio das orelhas pontudas dos Imortais.

Sörenn socou o trono com força. Os olhares que estavam sobre o clérigo se voltaram para ele. Levantou-se, mesmo que isso fosse um sinal que estivesse perdendo a compostura.

— Ainda não acabou mesmo, clérigo, mas vai acabar cedo ou tarde, com todos nós no Inferno, inclusive seu Senhor, se você continuar com essa estupidez. Sabe muito bem o que os elfos pensam da sua religião e o que farão quando dominarem o reino que é a maior fonte de fiéis para sua igreja.

O sacerdote, com os olhos avermelhados, símbolo de sua fé, se encolheu em seus trajes negros. As veias saltaram em sua testa. Pensamentos pérfidos correram sua mente.

— O que você quer? Vencer os elfos? Poder para sua Igreja? Quer sentar em um trono? — continuou Sörenn.

A comoção se espalhou na corte. Quem estava mais perto do sacerdote recuou um passo. A guarda do rei levou a mão às armas. Já o clérigo perdeu toda a face de víbora. Calmo como o réptil que se alimenta, lambeu os lábios e apontou um dedo para o rei.

— Sörenn de Karhold, o senhor — o veneno quase pingou ao pronunciar a palavra — tem um trono e isso significa responsabilidade. Aprenda que mesmo um rei se submete e é a nossa Igreja que vai salvar esse reino. O senhor não pode com os elfos sozinho. O mundo está mudando e está na hora de o senhor rei mudar seus valores.

Bërenn, clérigo do Senhor Único, virou-se e andou para fora do salão. Muitos fizeram sinais de benção para tentar evitar a ira de qualquer um dos Senhores das Portas do Inferno, pois pior do que Bërenn furioso, era Bërenn calmo.

✦

Dieudath observava os Domadores Reais prenderem o último dragão. A besta se remexeu nas correntes até ceder ao efeito da magia. Era uma criatura terrível. Mais de quinze metros de comprimento, cheio de escamas que vazavam sangue de todos os mortos que devorara no Submundo. A cauda acabava em espinhos afiados e venenosos. As longas asas eram maiores que dez homens juntos, feitas de pele humana costurada com tendões. Os olhos raivosos, grandes e esbranquiçados apontaram para o general elfo. O dragão sabia quem era seu senhor e o odiava por isso.

— Você cai perante os elfos como qualquer coisa nesse mundo, criatura — disse Dieudath.

Quis o destino, no entanto, que aquela frase fosse refutada. Um mensageiro suado e coberto de poeira cavalgou no meio do acampamento onde soldados limpavam suas armas, empurravam prisioneiros e contabilizavam as mortes. Sujo e fedendo, o elfo pulou da sela e se ajoelhou perante o general.

— Senhor, notícias ruins do sul — falou, estendendo um envelope lacrado.

Dieudath não esperou por seus capitães, pelo clérigo, magos ou alquimistas para verificar alguma ameaça na carta. A veracidade da notícia estava clara nos olhos assustados do mensageiro. Até o vento parecia desafiador e o canto dos pássaros zombeteiro quando o grande general do império abriu o pergaminho. Derrotados! Os elfos foram derrotados pelos macacos, aquele povo da lama, povo do fogo, símios que tentavam imitar a grandeza dos elfos.

— Quais as baixas? — perguntou ao mensageiro. A raiva na voz do general fez o dragão se agitar nas correntes.

— Uma centúria de Imortais foi destruída. O restante do exército recuou, mas pelo menos dois terços da Oitava Legião foram mortos, inclusive seu general.

A vontade de matar o mensageiro correu pelas veias de Dieudath. Por mais imbecil que fosse a atitude, era o mais forte impulso no momento. Seu irmão fora vencido por macacos. Parte da elite do exército fora eliminada.

— Espalhe a notícia. Vamos marchar amanhã. Vamos marchar para matar. Diga para a Oitava Legião se preparar, eu seguirei na frente para que eles se redimam.

O mensageiro partiu enquanto o general dava as últimas ordens. O dragão se acalmou entre as correntes, sentindo que arrancaria vidas em breve. A besta não sabia que a vontade de matar de Dieudath era maior do que a dela. Um reino inteiro padeceria nas estacas. Mulheres, velhos, crianças e soldados veriam três sóis nascerem antes que a morte os levasse.

✦

A sala de reuniões do exército de Karhold era fresca e bem iluminada. Estava no alto de uma das torres do castelo, de onde podiam enxergar a cidade e os grandes muros que a defendiam. O sol iluminava bem os grandes mapas e as miniaturas que se espalhavam pelos desenhos de fronteiras, rios e cidades. Em volta da mesa de carvalho, os comandantes de Sörenn observavam. Apenas quatro dos mais antigos estavam vivos. O quinto era um substituto, pouco mais que um garoto que agora vestia a armadura do pai e liderava os cavaleiros que falharam em proteger o nobre falecido na Batalha dos Montes.

— Precisamos nos certificar de que os elfos não entrarão pela passagem dos rios — falou Barcoenn, apontando para a região em que dois rios se encontravam, um dos pontos mais férteis do reino. Era um homem de cabelos de barba grisalha, cujos olhos escuros haviam visto mais batalhas do que precisava e menos vitórias do que gostaria.

— Eu sei, meu tio. Esse também é o nosso melhor ponto de defesa e onde é mais fácil convocarmos o povo para lutar em um momento de desespero. Duvido que os elfos usem esse caminho — replicou Sörenn. — Prefiro pensar que virão pelo leste. Eles possuem uma estrada boa por lá.

Lorde Barcoenn coçou o queixo pensativo. Olhou de soslaio para o comandante a seu lado, o conselheiro militar que deveria ser especialista em batalhas contra os elfos. Todos ali haviam passado boa parte da vida militar, por mais curta que fosse, matando gente do povo de orelhas pontudas, mas ninguém poderia saber tanto quanto a figura encapuzada a seu lado.

O olhar de Barcoenn foi ignorado. Quem falou primeiro foi o jovem Lorde Eriark. Tinha olhar apreensivo naquele rosto aquilino, imberbe, cuja única cicatriz mais parecia um arranhão debaixo do olho.

— Meu pai dizia que os elfos sempre nos cercariam. Acho que eles virão por esses dois lados. Se dividirem nossas forças, podem facilmente passar pelos rios e chegarem até aqui. Eles sabem que precisam tomar o castelo Karhold.

Lorde Mand e Lorde Berfrak ficaram calados. O último, aos cinquenta anos, era o mais velho deles, irmão do falecido Conde de Eriark. Coçou a barba pensando nas palavras do sobrinho e moveu algumas peças no tabuleiro.

— Deixe-me levar meus cavaleiros até a passagem dos rios. Eu me posiciono lá e depois sigo convocando os nobres que ainda não compareceram. Teremos uma força maior tanto para defender o local quanto para cavalgarmos e cercamos quem tentar entrar pelo leste.

O comandante de capuz ainda ficou calado. Recebeu mais um olhar de Barcoenn, o qual não foi suficiente para fazê-lo opinar. Ainda analisava.

— Não conseguiremos assim. Precisamos da cavalaria do Templo do Senhor Único. Você não deveria ter desafiado seu irmão, Sörenn. Sabe muito bem que Bërenn nunca o perdoará. Não estamos em uma boa situação para nos indispormos com quem guarda as chaves do Inferno — comentou Mand, o comandante alvo, mais alto que os amigos, mas sem ser tão corpulento quanto Barcoenn ou de olhar impositivo quanto Sörenn. Tinha mais jeito de mercador do que de senhor.

Os homens se remexeram sob seus mantos, calados. Berfrak tocou a espada para dar sorte. Eriark, o Jovem, fez um sinal de sorte discreto com os dedos. Sabiam que Lorde Mand era um fiel seguidor dos clérigos, um dos grandes pregadores que ajudara a espalhar a palavra do Senhor Único em Karhold.

— Não é o momento de questionar seu rei, Lorde Mand — disse o homem encapuzado. — Eles atacarão pelos Montes de novo. Repetirão a Batalha dos Montes.

— Impossível. Eles foram derrotados lá, humilhados.

— E muitos deles viveram para contar sobre a primeira derrota que sofreram para os humanos em quase meio milênio de guerras. Mas isso será apenas a redenção dos derrotados. O pior virá depois – comentou o último comandante, que não era lorde de nada, nem comandava ninguém além de si mesmo.

— Aposta seu arco nisso? — perguntou Mand.

— Não. Não uso mais arco. Aposto minha hospitalidade aqui. Já lutei contra esses elfos mais tempo do que vocês. Aliás, enquanto eu lutava, dei tempo para vocês viverem e se prepararem para a Batalha dos Montes.

Sörenn observou atentamente o mapa antes de voltar a falar.

— Não acredito em você, Lieu. Eles não farão isso de novo. Vamos deslocar nossas forças para o leste e um destacamento de Mand para os rios, onde vai recrutar o restante dos nobres. Se os elfos marcharem para os Montes, vamos interceptá-los em ambos os lados e daremos a redenção que merecem.

Lieu assentiu. Barcoenn concordou que era um bom plano; afinal, cobria o conselho de Lieu de qualquer maneira. Restava um último assunto:

— Senhor, os kalinianos ofereceram apoio. Prometeram treinar boa parte dos nossos cavaleiros — comentou Lieu.

— O Templo nunca aprovará os kalinianos! Como pode recusar a cavalaria sagrada e aceitar esses descrentes?

— Porque, pelo menos eu, prefiro a descrença honesta do kalinianos à sujeira profetizada pela sua igreja, Lorde Mand. Aliás, prefiro morrer ante os elfos a aceitar as bênçãos de Bërenn e sua corja. Tudo o que ele quer é um reino. Sem uma coroa, aquela semente ruim achou um manto clerical – gritou Barcoenn.

Lorde Mand fitou-o de volta com olhos estreitos e saiu da sala antes da decisão sobre os kalinianos. Só disse uma frase antes de sair:

— Pois a igreja só quer salvar suas almas... Os kalinianos querem seu dinheiro e seu reino.

Sörenn deixou que ele fosse.

— Até parece que a religião dele quer algo além do reino e do dinheiro. São iguais! — protestou Barcoenn.

— Não os compare, meu tio! — censurou Sörenn. — Os kalinianos, ao menos, não querem nossas almas subjugadas.

✦

O general olhou para os montes que marcavam a fronteira entre a selva dos macacos e a civilização dos elfos. Passou a mão pela crina do cavalo, acalmando-o para entrar no território selvagem em que as bestas falavam e erguiam espadas.

— Não se assuste com os berros deles. São só animais... só animais que aprenderam a nos imitar.

A Oitava Legião pisava a grama marcada pelo sangue de seus companheiros caídos. Chamavam o local de Montes da Vergonha, um nome que ficaria marcado eternamente na memória dos elfos. Hoje, no entanto, teriam a oportunidade de redimir. E a única situação que redimia a honra élfica era o sangue jorrando nos campos de guerra.

No alto de um dos morros, os humanos esperavam. Haviam dividido suas forças, com cavaleiros à direita, arqueiros à esquerda e a infantaria ao centro. Dieudath sabia muito bem qual a intenção deles. Iriam pressionar e usar o terreno todo a seu favor. O elfo sorriu, pois aquele dia as estratégias não importavam e os humanos não entendiam isso. Levantou um braço e gritou:

— Que tenha início a oportunidade de redenção.

Assim, três mil elfos avançaram ouvindo apenas a música de guerra, o hino que lhes informava que seu erro seria perdoado se o sangue molhasse a terra e almas queimassem ali.

A cavalaria começou a subir a colina desesperadamente, com suas lanças procurando pelas primeiras vítimas entre humanos. Foram os primeiros a caírem. As flechas dos humanos acertaram elfos e cavalos, sem discriminar qual seria a vítima ou como morreria. Alguns tombaram com setas nos olhos, no pescoço ou que por sorte atravessaram as armaduras. Outros caíram dos cavalos e foram mortos pelos cascos dos amigos. O sangue se espalhava com os cascos quebrando crânios ou com animais que escorregavam nos corpos e tombavam sobre armas ou sobre seus cavaleiros. Mas aqueles eram três mil elfos querendo morrer e matar. Quando alcançaram os primeiros soldados da infantaria inimiga, derramaram sangue e não pararam nem mesmo quando a cavalaria humana os cercou e distribuiu o presente da morte.

✦

— Meu tio?! — gritou Sörenn.

O rei colocou as mãos na cabeça. Ele, o primeiro a vencer os elfos em batalha, agora se segurava para não cair de joelhos diante da corte. Desesperado, a majestade de Karhold soltava as lágrimas pela queda de seu comandante e parente que mais amava. Lorde Barcoenn, que tanto lutara e perdera dois filhos nos combates com os elfos, agora caíra. O corpo fora colocado no meio do salão, ainda sujo de sangue e com uma lança trespassando a armadura.

Os nobres olharam para seu rei caminhar cambaleante para diante do corpo do tio. Haviam colocado-o sobre uma mesa. Uma mão pendia e foi nela que Sörenn segurou enquanto passava os dedos pela barba daquele que admirara desde a infância.

Mudou o olhar repentinamente do tio para os dois homens de armadura parados ao lado. Saltou como víbora saindo da toca e terminou sobre os dois ratos.

— O que vocês fizeram? Por que você, clérigo, estava no campo de batalha?

Bërenn deu um passo para trás. Aquele não era o irmão que conhecera. Viu ali bem diante o próprio veneno que experimentara dentro de si desde a infância e então, pela primeira vez na vida, teve certeza absoluta de que o rei e ele eram irmãos. Mais certeza do que terem sido criados juntos. Mais certeza do que ambos terem a face do pai e os olhos da mãe. Foi aquele olhar de víbora em bote que o fez recuar um passo discreto e deixar que Lorde Mand respondesse.

— Senhor, eu marchei para interromper o ataque dos elfos, mas eu estava despreparado e tive que contar com ajuda. Lorde Barcoenn veio em auxílio e ele que nos deu tempo suficiente para que a cavalaria do Templo chegasse e nos salvasse do massacre.

O rei deu três passos a frente. Respirou o ar podre da mentira e então socou com toda a força que tinha. Bateu no rosto machucado e sujo de Lorde Mand. Socou e socou até que o homem caísse sobre um dos joelhos.

— Você tem um rei e mente para esse rei. Veja daí de

baixo, criatura, pois é de baixo que verá todos. É do Inferno que você enxergará o mundo — amaldiçoou o rei.

A cortina do silêncio caiu sobre o salão. Mand olhava para o rei sem reconhecer a dor, mas só com o desespero. Voltou-se para o sacerdote procurando ajuda. Olhou de novo para o rei e experimentou outro soco forte que lhe quebrou o nariz.

— Olhe para o seu rei, seu porco imundo sem alma.

O lorde caiu, cuspindo sangue no tapete.

— Por que vocês estão vivos e meu tio está morto?

Ainda caído, Mand olhou temeroso para o rei. Passara tempo demais com o pai daquele garoto, tanto tempo que se esquecera que agora estava lidando com outra pessoa. Aquele ali não era um diplomata que recitava os cantos dos heróis e preferia o som dos bardos ao som das batalhas. O velho rei compusera a litania de sua vida com palavras e cânticos, Sörenn estava escrevendo cada letra e cada nota com suor, sangue e lágrimas, uma gota de cada para criar a tinta perfeita.

— Os elfos apareceram como Lieu disse. Eu me dirigi até lá rapidamente, meu senhor. Vossa majestade sabe que eu levei alguns dos nobres, mas ainda não tinha força suficiente. Então contei com o apoio da cavalaria clerical. Se não fosse por eles, tudo estaria perdido.

— Não perguntei sobre perder você. De ratos os celeiros do reino estão cheios. De leões nossa floresta está cada vez mais vazia! Quero saber do meu tio.

— Ele cavalgou para nos salvar, mas os elfos foram lá para morrer, meu senhor. Seu irmão está aqui para comprovar...

Bërenn caminhou alguns passos, pisou no sangue de Mand e estendeu a mão para o lorde.

— Vossa majestade deveria saber que esse não é o tempo de espancar seus lordes, principalmente depois de uma luta. Vosso pai estaria se sentindo desonrado pelos seus modos agora – disse o clérigo, colocando Lorde Mand de pé a seu lado. Ajudou-o a se ajeitar antes de se virar para o rei mais uma vez.

Sörenn encarou a cena de braços cruzados. Seus outros comandantes haviam formado um círculo a seu lado. Os nobres mais fiéis e seus filhos mais sedentos de glória estavam próximos, tomando cada palavra do sacerdote como uma espadada contra o escudo de honra do senhor de Karhold.

Bërenn sabia que também tinha seus aliados. Já havia muitos que lhe prometiam alianças secretas, alguns mais próximos do rei do que qualquer um imaginava.

— Lorde Barcoenn nos salvou e morreu em glória. Vamos orar pela alma dele e talvez esse homem ainda possa se ver livre do Inferno.

A frase atraiu olhares curiosos de todos. Um deles vinha de uma mulher cujos traços de beleza já haviam sido bastante tocados pela idade.

— O que quer dizer, sacerdote? — perguntou Sörenn.

— Lorde Barcoenn não pediu para ser abençoado antes de falecer. Ele está no Inferno agora — contou Bërenn.

A mulher correu até o sacerdote e segurou-o pelos mantos ensangüentados. Puxou sua maça suja de lascas de ossos e sangue coagulado.

— Não... Tire-o de lá! Não... — ela pediu pelo marido até um dos filhos mais novos, de não mais que catorze anos, a tirasse de lá.

— Eu não posso, pois cada um escolhe seu próprio destino. O Senhor Único apenas mantém a porta aberta para que ele passe — falou o sacerdote, enquanto a mulher se retirava.

Bërenn estava ocupado observando o sofrimento da mulher. Não conteve o sorriso de deleite. Uma alma a mais no Inferno, um momento a menos de tumulto dentro de si. Passou a língua pelos lábios. Um segundo depois de recolhê-la, o soco o atingiu. Tombou levando Lorde Mand junto e ouvindo o barulho no salão.

— Porco imundo — gritou o rei para o sacerdote.

Sörenn se virou para deixar o salão. O sacerdote já se levantava com a ajuda de Lorde Mand. Apoiava-se no aliado e segurava ferimentos recentes da batalha. Apertou a barriga com uma expressão de dor. Os dedos se encheram de sangue e a face ficou lívida.

— Está bem? — perguntou Mand.

— Sim... Vossa Majestade não deveria bater em quem lutou para defender seu reino. Eu jurei defendê-lo contra os elfos e assim o farei, mas juro também que todos que não estiverem sob a benção do Senhor Único vão para o Inferno nessas próximas lutas... — gritou. Os nobres ouviram e tremeram. Aqueles realmente não eram bons tempos para lutar.

O mapa não importava. O rei preferia observar suas terras ao invés dos desenhos sobre a mesa. Jogado na enorme cadeira, diante de seus comandantes, ele mal ouvia. Passava os olhos sobre os muros, depois pelos telhados da cidade, pela murada exterior e acabava no longo horizonte que tanto amava. Suspirava uma vez para cada momento que imaginava pastores cuidando de seus rebanhos ou crianças brincando pelos campos. Era responsável por todos.

— Senhor — chamou o jovem conde de Eriark. O mais novo de seus comandantes não estava usando as miniaturas para nenhum exemplo militar.

— O que quer, conde Eriark? — perguntou, olhando para o jovem e vendo ainda um menino que aprendera a lutar cuidando das armas e do cavalo de um príncipe e se tornara conde em situações tão conturbadas quanto esse mesmo príncipe se tornara rei.

— Temo que meus homens não lutem com o mesmo afinco se estiverem sob a pena de irem para o Inferno.

O rei suspirou. Seriam mais companhia para seu tio no Inferno.

— Acho que os sacerdotes terão muitos motivos para sorrir nos dias que virão.

Os comandantes não disseram nada. Eriark trocou o apoio de um pé para outro. Lorde Berfrak ajeitou uma medalha da armadura. Lieu cruzou os braços sob o manto pesado.

— Quantos de seus estariam dispostos a lutar sem a ajuda dos clérigos?

— Meus homens lutarão aonde eu for, majestade — afirmou Berfrak.

Sörenn apoiou o queixo no punho e olhou satisfeito, ainda que repleto de cansaço, para o homem que lutara ao lado de seu pai e quase morrera para proteger o corpo do falecido Rei de Karhold. Moveu o olhar para Lieu.

— Senhor, os homens restantes do seu tio estão dispostos a morrer pelo rei de Karhold.

— E os soldados de Mand?

— Divididos. Metade com certeza vai aderir ao exército real para conseguir absolvição. Os outros já estão buscando as igrejas.

— Você assumirá o comando dos homens de Mand, Lieu.

Berfrak e Eriark olharam assustados para o rei. Sörenn continuou com o queixo apoiado e com o olhar na direção do comandante do qual todos desconfiavam e que nunca tivera uma tropa sequer sob seu comando.

— Senhor, dê esses homens a mim. Eu farei bom uso deles. Você não deve fazer isso com alguém que nem se ajoelha perante vossa majestade — falou Eriark, interpondo-se entre Lieu e o rei.

— A decisão é minha, Lorde Eriark. Lieu terá esses homens sob seu comando e você não fará nada para mudar isso. Contente-se com suas tropas e faça-as valer.

Eriark recuou dois passos. Levantou as mãos e as balançou em sinal de quem não quer se envolver.

— Eu não terei homens enquanto vossa majestade brigar com a igreja de seu irmão. Meus homens estão temerosos e isso seu espião que tudo ouve, apesar das orelhas mutiladas, pode confirmar — falou o conde.

Sörenn franziu o cenho. Encostou-se na cadeira e inspirou profundamente.

— Com os homens de Mand eu terei tropas completas, Sörenn! Não dê suas tropas a esse verme traidor — gritou Eriark.

— Você está falando com seu rei — alertou Lorde Berfrak em tom ameno.

— Mas sou um dos comandantes. Tenho que alertá-lo...

— Já contava com essas tropas, conde? — perguntou Sörenn.

Eriark não respondeu. Virou-se e saiu batendo a porta.

— O que aconteceu com seu sobrinho? — perguntou o rei ao Lorde Berfrak.

— Eu gostaria de saber...

Lieu tomou a posição de braços cruzados.

— Senhor, as tropas de Eriark serão necessárias para parar o primeiro ataque dos elfos. Muitos dos sobreviventes da Batalha dos Montes ainda estão em busca de redenção. Eles desestabilizarão nossas tropas e permitirão que nossos inimigos nos destruam. Precisamos de um grupo que nos defenda tão bem quanto Eriark.

— Temos os kalinianos. Já firmamos a aliança com eles.

— Vossa majestade sabe que o Templo não gostará nada disso.

Sörenn esfregou o rosto. Finalmente tinham a chance de destruir os elfos, mas os mensageiros do Inferno insistiam em acabar com a unidade do reino. Nada mais essa religião fazia do que trovejar as ameaças do fogo do submundo e dividir os homens. As palavras dos sacerdotes vinham de línguas de víboras alimentadas com ouro e prata.

— Verdade — concordou, mas sua atenção já não estava mais no recinto. Havia uma gritaria lá fora. Ao longe, uma longa fila de cavaleiros marchava na direção da capital. Atrás delas, muitos outros vinham a pé. O estandarte da Igreja do Deus Único, a pomba carregando o chicote, estava erguido diante da tropa.

Sörenn saltou da poltrona e deu ordens para que seus homens se preparassem.

✦

Bërenn já fora Bërenn Filho de Karhold em um tempo em que as batalhas contra os elfos ainda eram uma luta sem esperança e aconteciam somente porque a humanidade era teimosa demais para se entregar. Nenhum homem queria se deixar ser extinto espontaneamente como os gnomos haviam feito. Nenhum homem quisera se esconder sob a terra até ser desenterrado e morto a pauladas como os anões. A humanidade estava acuada, mas lutava.

O sacerdote já quisera se tornar rei. Fizera planos para vingar todos os parentes mortos pelos elfos. Sonhara com isso todas as noites até o irmão se levantar das cinzas e iniciar dez anos de vitórias consecutivas em escaramuças que culminaram com a primeira grande batalha vencida pelos homens que enfrentaram o império élfico. E tudo isso transformou os sonhos de Bërenn em fel.

Agora, a dor amarga que lhe tomava a alma só era amenizada quando via as almas serem levadas ao Inferno ou quando olhava para trás de si e via as colunas de cavaleiros de armaduras negras o seguindo. Um a um eles vinham com a pomba e o chicote estampados nos mantos e nos estandartes. Todos filhos de nobres que tiveram o azar de não ter nascido primeiro que seus irmãos, mas a sorte de terem braços fortes para lutar pela igreja.

Bërenn olhou a capital de Karhold. Sempre amara aquelas muralhas. Passara anos as observando como se fosse dono das mesmas e agora estava mesmo perto de ser. Não por querer se tornar rei, mas por uma ambição maior, a de finalmente dominar tudo o que ali estava com palavras e atitudes, sem uma gota de sangue.

Os homens do irmão se aproximavam mais adiante. O estandarte da fênix vermelha vinha à frente. Os soldados e cavaleiros de Berfrak estavam logo ao lado, seguidos pelos guerreiros do falecido Lorde Barcoenn. Nobres menores também se aproximavam, mas eles eram de pouco interesse. Bërenn sorriu na espera do golpe final que acertaria no irmão.

Exércitos pararam diante de si em tom cerimonial. Havia escárnio de ambos os lados, com primogênitos donos de heranças encarando caçulas cujo único refúgio era a cavalaria clerical. De um lado, bandeiras com símbolos de armas e animais tremulavam misturadas em muitas cores. Do outro, apenas a pomba e o chicote reinavam sozinhos nos estandartes e nos mantos negros dos cavaleiros.

— Viemos avisar Vossa Majestade que os elfos atravessaram nossas fronteiras — disse Bërenn.

Sörenn olhou para as fileiras sacerdotais. Bërenn conseguira muitos homens ao longo dos anos. Os mais recentes eram soldados assustados com as ameaças do Templo. Mand era um deles. Encolhido ao lado de Bërenn, o lorde vestira o manto negro dos cavaleiros, assumindo a única posição que poderia lhe salvar agora que o rei condenara sua alma. Não era mais lorde ou senhor de guerreiros. Tudo o que tinha era um cavalo, uma espada e uma alma mendigando a salvação religiosa.

O rei virou-se para seu exército. Via ali homens que queriam salvar a si mesmo e seus parentes pelo mérito. Não eram pobres coitados como Mand. Não desejavam a escravidão de um Senhor distante que disfarçava piedade com golpes de chicote.

— Sacerdote, agradeço pelo aviso, mas seria mais prudente colocar suas tropas diante dos elfos e detê-los. Ou não tem confiança que seu Senhor o ajudará nisso?

Bërenn deixou somente um dos cantos da boca se envergar para um quarto de sorriso maligno e impiedoso.

— Vossa majestade não precisa se preocupar. Meu senhor garantirá a vitória e manterá seu trono. Vim aqui apenas buscar meus últimos aliados. Já recolhi alguns pelo caminho — referia-se aos homens de Mand e outros cavaleiros sem senhor. — Agora faltam só alguns nobres.

O rosto de Sörenn se fechou. Ele olhou para os lados e viu a preocupação estampada nas faces de Berfrak e Lieu. Os dois se olharam e então procuraram em suas fileiras. Não partiu nenhuma reação dali. O movimento veio da cidade, quando os portões se abriram e as primeiras fileiras com o condor azul de Eriark marcharam. Os homens evitavam olhar para o exército do rei. Entre os soldados reais, o olhar de asco e o sentimento de traição se espalharam como ferida nos corações de amantes.

Os cascos dos cavalos batiam no chão em tom desaforado. Qualquer ruído vindo dos traidores soava como provocação. Bërenn apreciava o momento, escondendo o sorriso diante do rei imóvel. Nem sempre o poder estava nas mãos de quem tinha a coroa.

— Nós pretendemos vencer os elfos e salvar Karhold. Vossa Majestade se juntará a nós? — perguntou o sacerdote.

O rei estava em silêncio. Os cascos e pés dos traidores eram o único barulho no campo. Lá atrás, as pessoas se acumulavam nos muros da cidade. Alguns até haviam passado pelos portões.

O rei respirou profundamente. Seus ombros baixaram e a majestade desapareceu de sua pessoa quando finalmente falou:

— Nós nos encontraremos lá.

— É bom saber que lutaremos juntos. Em agradecimento, entrego à vossa majestade os prisioneiros elfos que fizemos na última batalha e que capturamos enquanto espionavam nosso território.

Os cavaleiros do pombo e do chicote se afastaram e deixaram passar os prisioneiros. Eram elfos humilhados que só não haviam se matado por estarem muito bem presos. Todos sabiam o quanto era difícil manter um elfo capturado ainda vivo. Eles tentavam de tudo para escapar, na maioria das vezes matando alguém e morrendo na tentativa. O rei os olhava passar e o olhar de ódio no rosto do irmão fez Bërenn reconhecer seu parentesco mais uma vez.

A verdade era que Dieudath queria rir dos esforços dos humanos. Passara o dia caminhando pelo acampamento do exército élfico e vendo os macacos prepararem suas tropas animalescas.

Enquanto entre os longevos elfos a organização era quase silenciosa, lá do outro lado a algazarra era risível. *Todo animal desesperado faz barulho*, pensava o general.

Experimentou um pouco das frutas acomodado em uma poltrona. Dentro da tenda havia apenas dois serviçais que cuidavam para que estivesse bem servido. Um terceiro entrou apenas para pedir permissão para um grupo de soldados. Dieudath assentiu e pediu um lenço para limpar as mãos. Ainda as esfregava no pano quando dois de seus capitães entraram com um homem alto envolto em mantos. O rosto estava coberto por um capuz, mas os olhos logo apareceram entre as sombras. O general e o estranho se reconheceram em frações de segundos.

As mãos de Dieudath tremeram. O maxilar ficou tenso como rocha. Amassou o lenço nas mãos e encarou o outro.

— Lieudath, veio buscar a morte por uma espada sagrada? — perguntou.

— Não — respondeu o outro. Os capitães o soltaram ao ouvir o nome, deixando as mãos de Lieu livres para retirar o capuz e mostrar as orelhas mutiladas e o olhar denso. — Vim aqui para trocar um favor. Troco sua vitória pela oportunidade de morrer como um elfo.

— Você não é um elfo. É um macaco! Até suas orelhas são redondas como a de um macaco.

Lieu passou a mão pelas cicatrizes. Nunca mais sentira o vento passar pelas pontas das orelhas, não desde que o próprio Dieudath as cortara.

— Meu irmão...

— Não sou irmão de quem cheira e vive como macaco.

— Dieudath, você teve sua vitória sobre mim. Tem o que quer. Agora me dê a oportunidade de morrer como um elfo. Não como um general ou um nobre, mas como um elfo.

O general ergueu uma sobrancelha. Curioso, caminhou em volta do elfo de orelhas cicatrizadas.

— Diga o que preciso saber e eu pensarei.

Lieu deixou os ombros caírem, cansado e vencido. Suspirou antes de começar a contar.

— Os humanos sempre temeram a cavalaria élfica. O ataque em conjunto... A formação cerrada, mantida o tempo todo, os deixa desnorteados. Por isso eles a quebrarão como eu fiz com seu exército na Batalha dos Doze Vales. Vão debandar, deixar vocês se desorganizarem e então a cavalaria real avança e a retaguarda deles dá a volta e acaba com tudo.

Dieudath entregou o lenço a um serviçal e cruzou os braços. Olhou para o teto da tenda pensativo. Essa estratégia quase lhe custara a vida. Por pouco ele mesmo não perdera as pontas de suas orelhas. Coçou o nariz e finalmente disse que o irmão tombaria entre macacos, mas morreria como um elfo.

O campo de batalha estava pronto para se encher de corpos. Haveria sangue na grama, penetrando nas entranhas da terra. Os corvos se divertiriam entre os cadáveres antes que os vencedores pudessem recolhê-los. Sörenn cavalgou entre seus homens cumprimentando barões, condes, soldados e escudeiros. Parou diante de um cozinheiro para experimentar a última refeição das tropas. Provou a sopa olhando para o exército élfico do outro lado do campo. Franziu o cenho de um modo tão preocupante que o pobre cozinheiro pensou que seria decapitado por causa da comida ruim. O homem ficou aliviado quando o rei lhe deu uma moeda e desejou-lhe uma boa vida.

— Senhor, vossa majestade tem certeza de que vai executar a ordem sobre os prisioneiros? – perguntou Lorde Derfrak. A essa altura, ele era o único conselheiro do rei. Lieu estava distante, reunido com os homens de Mand e preparando as últimas estratégias de guerra.

— Sim. E coloque mais homens atrás das fileiras da cavalaria sagrada. Que eles estejam prontos quando as trombetas tocarem. Certifique-se disso. E mantenha os kalinianos preparados. Precisaremos deles.

O lorde cavalgou para posicionar suas tropas. Enquanto isso, os carrascos vestidos com o manto do pombo e chicote cavalgaram com os prisioneiros para o meio do campo. Havia três desses homens para cada elfo, cada um vestido com roupas que o rei mandara confeccionar para a ocasião. Eles carregavam estacas enormes e tecidos enrolados debaixo dos braços. Quando estavam a uma distância adequada e os elfos observavam curiosos, o líder pegou o primeiro dos prisioneiros. Os carrascos amarram as pernas do homem em dois cavalos, abrindo-as o máximo que puderam.

O exército humano observava curioso, mas com uma sede de sangue clara. Entre eles, somente Lieu tinha uma expressão de nojo. Ele quase vomitou quando viu um dos carrascos pegar uma das estacas e apontar para o ânus do elfo. Parecia mais um deboche, uma provocação sexual e sádica. Não era. A madeira atravessou os intestinos do prisioneiro enquanto ele gritava imóvel. Passou pelo abdome e finalmente brotou no peito. Saiu com um jato de sangue que logo foi estancado. A própria madeira impedia uma hemorragia extensa.

Um carrasco se aproximou do elfo. Observou que a vítima ainda estava viva. Então pegou uma das mãos já pálidas e colocou sobre a estaca. O elfo não tinha forças para reagir. Nem conseguiu gritar quando sentiu a madeira atravessar sua palma e separar os ossos. O carrasco forçou até ficar uma boa parte da estaca para fora. Então pegou a cabeça tombada do elfo. Ouviu os gemidos, observou o rosto pálido. Não teve nenhuma reação antes de segurar o queixo do prisioneiro e enfiá-lo na ponta da estaca. Estava quase pronto o trabalho. Com a cabeça presa ao queixo, o corpo não escorregaria pela estaca quando a mesma fosse colocada de pé.

Os homens preparam-se para erguer o símbolo de tor tura, mas faltava um detalhe. O carrasco fez sinal para trazerem o elemento ausente. Desenrolaram os panos que traziam debaixo do braço. Prenderam nas mãos da vítima empalada. Assim, quando finalmente colocaram a estaca de pé, um estandarte tremulou com uma ponta presa na ponta da estaca e outra no braço pendente. O sangue começou a descer pela madeira, enquanto os outros se preparavam para empalar mais elfos.

✦

As tropas humanas vibraram. A cavalaria sagrada do Templo do Senhor Único gritou com mais empolgação do que qualquer homem de Karhold. Sua bandeira ainda tremularia muitas vezes antes que a batalha começasse.

O sangue de Dieudath ferveu dentro das veias a ponto de quase estourar o coração. Foi a primeira vez que sentiu o quanto essa expressão era verdadeira e não apenas um clichê literário, uma metáfora de gente de conversas corriqueiras. Ao seu lado, os sacerdotes batiam os bastões no chão e pediam vingança. Um deles teve a ousadia de se virar para o general e censurá-lo por ter matado os prisioneiros humanos antes da batalha. Os olhos de Dieudath brilhavam com tanto ódio que o clérigo se calou logo e foi se esconder entre os seus.

Aquilo precisava de vingança. Os estandartes da igreja maldita dos humanos tremulavam com sangue élfico. Tremulavam nas mãos dos elfos! Dieudath nunca vira tanta ousadia entre os macacos. Eles pagariam. Um a um eles pagariam. Queria dar a oportunidade de cada elfo cortar a pele áspera daqueles sacerdotes símios, mas eles teriam que esperar.

— Soltem os dragões! — gritou.

Os sacerdotes comemoraram com danças e cânticos. As feras seriam soltas para fazer os macacos pagarem pela ousadia de tocar um elfo. Assim, as bestas abriram as asas. Mostraram os dentes afiados e soltaram chamas fedidas pelas ventas.

Estava na hora de colher almas. O maior deles alçou voo e circulou o exército élfico antes que os outros o seguissem. Então avançou, ansioso para experimentar carne humana.

O ataque chegaria em arco. Primeiro o dragão subiu e alcançou as nuvens para começar a descida fatal. A bocarra se abriu com chamas escapando pelos cantos. Diziam que eram as almas recém-devoradas ainda tentando escapar. Os elfos observavam os humanos se encolherem ao verem os dragões. Riram do medo que os macacos tinham daquelas feras. Esperaram sadicamente que o fogo saísse dentre as presas para queimar as estacas e as bandeiras do pombo e do chicote. O dragão se aproximava cada vez mais. As asas criavam uma sombra imensa sobre os empaladores. E então houve o estrondo.

Parecia que o dragão havia soltado sua baforada, só que as chamas e a fumaça não estavam no lugar correto. Um feixe negro subia do exército humano e a grande fera agora descia sem controle dos céus com sangue borbulhante saindo do ventre. A criatura bateu no chão como pedra. Terra voou por todos os lados enquanto o corpo se arrastava. As asas se quebraram e o sangue flamejante enegreceu a grama.

Os elfos mal acreditavam no que viam quando outra explosão foi ouvida. Mais um dragão veio abaixo. Os humanos também tinham seus monstros e eles eram feitos de aço, pólvora e uma perversa imaginação.

Sörenn pagara uma fortuna aos kalinianos. Prometera terras. Jurara ajudar em conquistas em outros reinos. Dissera que os prisioneiros élficos seriam apenas para eles. E ainda havia feito outro juramento, um que deixara para o momento derradeiro. Cada promessa valeria a pena.

Os dragões que caíam um a um no campo de batalha eram a prova disso. Agora os cavaleiros sagrados, que tanto odiavam os kalinianos, estavam contentes ao invés de fazerem juras de vingança por terem que lutar juntamente com o povo mais infiel em todo o mundo, aqueles que tinham como prazer torturar e fazer clérigos engolir intestinos de seus fiéis.

Os elfos se preparavam para a marcha. Queriam passar pelos corpos dos dragões e alcançar os humanos. Sörenn levantou o braço e fez sinal. Uma bandeira vermelha tremulou frente ao exército de Karhold. A cavalaria clerical foi a primeira a avançar. Aqueles homens seguiam em êxtase. Os porta estandartes julgavam-se imunes a qualquer ataque, levando o símbolo do Templo Único com orgulho. Parte das tropas principais de Karhold seguia logo atrás. Apoiavam sem roubar a glória dos guerreiros sagrados.

A cavalaria do Templo foi duramente atingida. Sörenn viu os primeiros homens tombarem de seus cavalos e serem atropelados. Foi a primeira vez em sua vida que o rei não sentiu pesar por membros de seu exército serem atingidos. Tinha uma pontada de prazer ao ver que a cavalaria avançava e apenas corpos com o símbolo do pombo e do chicote ficavam caídos.

Cada cadáver de macaco no chão era uma satisfação para Dieudath e seus clérigos. Os sacerdotes élficos dançavam em volta do general e gritavam para que ele soltasse a cavalaria. Precisariam de muitas mortes se quisessem conseguir novos dragões. De cima do elegante cavalo élfico, Dieudath observou o campo de batalha. Os corpos gigantes das bestas o irritavam e nem todos os macacos já caídos geravam satisfação suficiente para superar essa raiva. Queria todos mortos, principalmente a praga de manto preto.

— Solte a cavalaria! Vamos matá-los! É o martelo élfico nas mãos toscas que seguram as espadas dos macacos! Vamos quebrar essas imitações de gente para sempre! — gritou o líder dos clérigos, em êxtase.

Era realmente a hora. A cavalaria do Templo havia se desorganizado com as flechas. Era o momento de fazê-los sangrar. Aqueles malditos haviam profanado o corpo sagrado dos elfos. Assim o general soltou seus homens, deixando os arqueiros no flanco esquerdo e os soldados prontos para avançar pela direita. De cima do morro, a infantaria teria vantagem quando os humanos avançassem. Bastaria eliminar aqueles dois principais grupos montados e depois partir para os cavaleiros restantes que circundavam o estandarte real de Karhold.

O general assoviou para o cavalo, chamou sua guarda pessoal e fez sinal para que as cornetas da cavalaria fossem tocadas. Ele partiu junto com seus homens. Avançaram pelo campo descendo a colina mais verde. Passaram pelo corpo fedido de um dos dragões. O odor lhes encheu de ódio. Fez-lhes lembrar que agora havia almas torturadas dos elfos que os macacos haviam mandado para o Inferno.

A lança de Dieudath se ergueu com a ponta mirando um cavaleiro que tinha uma flecha presa na armadura. O elfo sorriu. Estavam cada vez mais próximos. Sua sede de sangue e a confiança em seu exército eram tantas que nem deu atenção quando a cavalaria clerical humana se reagrupou estrategicamente para o encontro de lanças e espadas. Dieudath adorava aquele momento. Contava cada acontecimento inevitável.

Primeiro um cavaleiro élfico caiu ao seu lado quando uma lança humana atravessou-lhe o pescoço. Dieudath ouviu o estalo do osso. Sentiu que sangue sagrado molhara o pelo do seu cavalo. Não se importou, pois ao mesmo tempo, sua lança enfiou no cavaleiro humano, arrancando-lhe a vida e a montaria. O animal passou correndo, sumindo no meio do exército élfico. O general sacou a espada e começou a matar.

Bërenn retalhou o pescoço desprotegido de um elfo. A espada de lâmina serrilhada arrancou a carne dura do pescoço do inimigo, trazendo consigo pedaços de pele e de veias. Com a armadura suja de sangue, o clérigo rodopiava o cavalo destruindo vidas ou amputando membros. Sua maior paixão na vida sempre fora o poder. A guerra era seu segundo maior amor, pois ali exercia seu poder máximo sobre a vida dos outros.

O cavalo do clérigo já pisava em um chão coberto de sangue. Ele gritava para que seus homens avançassem como uma massa compacta dentro do exército élfico. Qualquer um dos orelhudos que entrasse entre os cavaleiros do Templo acabaria no chão, trucidado pelas espadas clericais.

— Pressionem esses malditos! — gritava com força, sentindo a garganta quase estourar.

Gritava e matava. Ouvia gemidos de morte. Ouvia últimas orações. Sorria! Sorria como assassino enlouquecido em banho de sangue. Era com gargalhadas em meio a clamores religiosos que o clérigo golpeava e espalhava sangue. Os Senhores do Inferno estavam felizes naquele dia. Deviam estar com as portas escancaradas para receber tantas almas.

— Morram sem glória, seus bastardos infiéis! Morram sem glória! — berrava, arrancando membros.

Fez o cavalo avançar. A muralha dos elfos estava prestes a se partir. Os malditos não estavam acostumados com o ímpeto da cavalaria clerical. Levantou a espada para fazer sinal para os estandartes. Era a ordem para a pressão final. Os cavalos precisavam seguir adiante.

Sentia que estava prestes a trucidar a famigerada cavalaria élfica. Tão próximo que nem acreditou quando a chance lhe escapou como areia ao vento.

De repente, os elfos pressionaram e toda a força da cavalaria clerical começou a se dissipar. Olhou para trás e, em meio a tumulto, percebeu que suas fileiras estavam se dispersando. Os homens de Eriark começavam a manobra evasiva.

— Não, seus malditos. Não precisamos disso — gritou, pedindo sinal. Foi inútil. Deu novas ordens, para que seus homens preparassem-se para se retirar também. Quebrariam os elfos de uma outra maneira.

Os cavalos do pombo e do chicote começaram a debandada organizada. Viam os homens de Eriark bem à frente e os elfos atrás. Quando estavam prontos para se voltarem e pegarem os elfos de surpresa, perceberam que havia algo errado.

Um som grave ecoou pela colina e a cavalgada ensandecida dos sobreviventes da Batalha dos Montes surgiu. Aqueles elfos desceram a encosta como loucos, batendo-se entre os cavaleiros do Templo, separando-os dos homens de Eriark.

Dois homens caíram diante de Bërenn. Ele ouviu de perto os inimigos atacarem aos berros:

— Derrubem os macacos das árvores!

Dieudath deu sinal para seus cavaleiros avançarem com força total. Ele queria a cavalaria do Templo destruída. Teria a vingança contra a humilhação élfica e ao mesmo tempo cortaria qualquer estratégia humana. Como bigorna e martelo, os elfos começaram o massacre do pombo e do chicote.

O general queria o líder deles. Fez sua guarda pessoal avançar em direção aos estandartes. O sacerdote morreria por sua espada. O sangue de quem estava na frente jorrou. Mais de dez vidas foram perdidas, mas Dieudath pôde jogar seu cavalo contra o do clérigo. O impacto quase jogou os dois da sela. Suas espadas bateram no ar enquanto ainda se equilibravam. Seus dentes rangeram enquanto se esforçavam para segurar as montarias e levantar as lâminas.

— Macacos não sabem orar! — gritou o general.

— Só os homens sabem lutar — respondeu o clérigo.

As lâminas batiam sem resposta quanto a quem seria o vencedor. As guardas pessoais de cada um se matavam em volta. Os cavalos escorregavam no sangue de tantos mortos. Subitamente, o clérigo desapareceu da visão do elfo. O rosto de Dieudath foi coberto de sangue. Desesperado, o elfo limpou os olhos depressa, esperando receber um golpe mortal. Nada aconteceu. Viu um vazio em volta dele. O clérigo tentava se levantar, tão confuso quanto o elfo. Sem piedade, o general baixou a espada, afundando-a entre as placas de aço da armadura do inimigo. Assistiu o sangue brotar. Viu o inimigo cair. Estava para gritar de felicidade ao olhar para o alto, mas então viu os cavaleiros de Eriark dando a volta por cima da colina. Não viam atacar a cavalaria élfica, mas procuravam pelos arqueiros.

Ergueu a espada para dar uma nova ordem, mas percebeu o quão vazio o terreno estava. Olhou adiante e percebeu o que estava acontecendo. Logo à frente, pedaços de cavalos começavam a voar. Era como se uma mão divina atravessasse a batalha arrancando membros de pessoas e animais. Um cavaleiro clerical foi atingido por um vulto negro veloz como o vento. Uma perna voou para um lado espalhando sangue. As patas do cavalo acompanharam com tripas dançando no ar. Era o metal perverso dos homens agindo. Dieudath amaldiçoou os macacos antes que a bala negra de canhão o atingisse em cheio.

✦

O pobre homem que tocara a corneta ainda olhava para o rei consternado. Queria entender se a ordem fora a correta. Voltou o olhar para o campo e viu as balas de canhão dos kalinianos destruírem a cavalaria clerical e os cavaleiros élficos. Lá em cima, os guerreiros de Eriark cruzavam as colinas rumo aos arqueiros elfos. Desesperada, a infantaria inimiga preparava-se para interceptá-los.

Então o rei de Karhold riu, pediu seu elmo e o colocou ainda com um sorriso de vitória no rosto. Fora um ótimo plano, do qual a moral do rei não se orgulhava, mas que manteria seus súditos em liberdade. Um cavalo parou ao lado dele montado, por um homem de capuz. Eles se olharam:

— Você não vai morrer hoje, meu amigo. Sangue de nossas famílias já está no campo de batalha — disse Sörenn.

Lieu olhou adiante.

— Família não é necessariamente gente do seu sangue — falou o elfo de orelhas cortadas.

— Verdade, meu irmão. Falei que você ainda morreria como um elfo, mas prefiro que hoje você mate os elfos. Deixe para tombar outro dia — falou o rei.

Os dois sorriram, mais cornetas de guerra tocaram. A cavalaria real avançou para terminar o massacre. Naquele dia, o rei de Karhold matou ao lado de todos que lhe foram fiéis. Viu os inimigos de seu reino caírem perante sua espada, não importando qual traje vestissem ou de qual raça fossem. Um a um eles tombaram, e o rei provou que, embora seu símbolo fosse a fênix, ele poderia ser tão peçonhento quanto a mais perigosa das víboras. Que os cadáveres estripados nas colinas de Karhold servissem de exemplo para os futuros traidores.

Chamado à Razão

Marco Rigobelli

Corria na direção da genetriz um menino de não mais do que oito anos:

— Mãe! Mãe! Socorro! Eu vi um dragão! — alto para a idade, magro, cabelos castanho-escuros bem aparados e imundo com a mistura de lágrimas, suor e poeira. Ela o olhou, despreocupada, parou seus afazeres com o jantar e o acalentou. — Ele era enorme! Tinha rabo, asas, olhos horripilantes e fazia um som horrível. Mãe! Tô com medo!

O garoto parecia realmente assustado, seus olhos estavam ensopados com lágrimas, suas calças sujas e molhadas, ele soluçava entre as palavras de forma angustiante, assustadora.

— Socorro mãe! Ele ainda olha pra mim! Tenho certeza! Quer me devorar! — o menino abraçou a cintura da mãe com ainda mais força, arranhando suas costas.

Tudo o que a mulher fez foi afagar a cabeça do menino, levantar os olhos chorosos dele na direção dos seus e sorrir com leveza. Isso de alguma forma agiu como um banho de otimismo para ele, como se o momento nunca fosse acabar e o sol brilhasse mais.

— Vai ficar tudo bem, querido. Dragões não existem.

— Existem sim! Eu vi um, o maior de todos! E ele... Ele está vindo pra cá! Está atrás de mim! Não queria ser acordado. Mas sem querer o acordei e agora ele está bravo e quer me punir. — o garoto escondeu o rosto na barriga da mãe, soluçando e chorando. — Não quero morrer. Vou pedir ajuda a *Sir* Johann! Ele sempre ajudou quem precisava e o dragão vai matar todo mundo. Não tem como recusar, não é mamãe?

Ela só respondia com um sorriso simples e um olhar acalentador. Sempre que olhava nos olhos de sua mãe, o menino sentia vontade de continuar abraçado a ela, ponderava que morrer nessa situação não seria tão doloroso. Mas então ele se lembrava dos prantos que duravam horas todas as noites desde a morte de seu pai, dois anos atrás.

— Vou salvar a todos nós, mamãe! Não vai chorar por mim como chora pelo meu pai, vai ver!

Ele sequer notou que a expressão dela permaneceu imutável. A soltou e correu na direção da estrada, sem olhar para trás. "Devia mandar mamãe se esconder", era tudo o que vinha na cabeça dele nesse momento. Mas algo dizia que não adiantaria, ou que não poderia. O melhor que podia fazer é pedir ajuda a Sir Johann e torcer para que ele fosse capaz de vencer o dragão. Foi o que fez.

O garoto não se recordava do caminho até a capital ser da maneira que foi, nem que os guardas tivessem tão pouco critério na permissão da entrada de estranhos pelos portões, mesmo quando crianças. Mas ele acreditava que aquilo era a ajuda de Deus, que sempre chegava nos momentos certos e necessários, como o padre Marcus dizia.

Enquanto passava pelo mercado, lembrava o porquê de sua mãe preferir morar na fazenda, mesmo sem seu pai. Tudo ali era, por incrível que possa parecer, ao mesmo tempo corrido e imóvel. Corrido para as pessoas que procuravam aquilo que queriam comprar e imóvel para quem negociava o preço de seu desejo. Ele caminhava entre as pessoas, se esquivando, parando, girando, abaixando, esbarrando em cestas e barracas. Mas mesmo assim elas não percebiam sua presença, ou não se importavam. Algumas mexiam a boca, mas não tinham voz. Essas em especial chamaram sua atenção. Era esquisito, mas ele acabara de ver um dragão. Imaginava que poderia ser algum tipo de feitiço, e temia por isso, pois até então ninguém nunca havia visto um deles. Quem seria capaz de retirar o encantamento além da própria criatura?

Isso não teria importância nenhuma quando ele estivesse morto junto com toda a região. Primeiro chamaria *Sir* Johann, depois pensaria em se livrar do feitiço.

Os guardas evitavam o mercado. A movimentação excessiva do lugar era propícia para gerar enganos e erros de julgamento durante um crime. Então toda a segurança dessa região tinha como base os Leões de Chácara, contratados em mutirão pelos mercadores. Enquanto a área nobre e eclesiástica por trás dos portões tinha guardas por todos os lados, fortemente armados e sempre alertas. Mas estranhamente, assim como os outros, pareciam não perceber a presença do jovem, que tentou olhar para dentro das casas a procura do cavaleiro, mas logo se deu conta de que não conseguia lembrar onde ele morava, e se o procurasse dessa maneira, demoraria a vida toda. A solução era vencer o medo que sempre teve desses homens de armaduras incômodas, com panos de cores vibrantes por baixo delas, que variavam de acordo com seu posto. Vermelho para soldados, verde musgo para capitães e azul para generais. E o brasão da casa real: um cavalo com uma coroa de folhas estampado tanto na armadura, quanto nas partes expostas dos trajes e também em bandeirolas presas às lanças.

— Senhor, pode me dizer onde encontro *Sir* Johann? — perguntou ele com toda a educação que sua mãe lhe havia ensinado, enquanto, para chamar a atenção, dava leves puxões na calça de um dos guardas de fisionomia mais receptiva.

— Quem? — o guarda demorou a perceber que devia olhar para baixo atrás do dono da pergunta.

— Como assim quem?! — o menino fechou a cara, e subiu o dedo em riste na direção do soldado de trajes vermelhos e armadura desajustada. — *Sir* Johann, filho de Lorde Gallund e noivo da princesa Emily. Comandante das tropas do Norte e futuro rei de todas essas terras!

O homem começou a rir. Apontou para o colega ao seu lado, foi até ele, colocou a mão no ombro, tentou recuperar o fôlego e disse:

— Ei, Lorde Gallund! — o tom usado na palavra lorde foi visivelmente jocoso. — Esse garoto está procurando seu filho!

Gallund era um homem alto, moreno, com não mais que vinte e três anos, mas olhos que ardiam em sabedoria. Porém, ele jamais teria condições de ter um filho já guerreiro e sucessor do trono. A não ser que fosse um descendente dos elfos ou coisa parecida. O problema é que elfos não existiam, da mesma forma que os dragões.

— Filho? Que filho? — Indagou Gallund, assustado com a piada do amigo.

— Esse jovenzinho diz que precisa falar com seu filho, o futuro rei ou algo assim. Talvez ele precise dos favores reais. — disse o guarda, sem conseguir conter o riso, soltando uma gargalhada debochada enquanto caminhava para seu posto na próxima troca de guarda.

— Que história é essa? — o soldado se abaixou na direção do menino. — Eu não tenho filho nenhum, ao menos que eu saiba, nem mesmo um título de nobreza! Talvez esteja procurando outra pessoa, mas posso garantir que não é dessa região, sou o único Gallund por aqui.

— Não pode ser. Eu me lembro de *Sir* Johann! Ele iria me ensinar a lutar com espadas! Fez-me essa promessa bem ali no pátio central. — o menino apontou para um enorme pátio onde a nobreza e a burguesia se encontravam, sem preconceitos, e os soldados gastavam seu tempo de descanso.

Ao ouvir o nome de Sir Johann, o soldado mudou completamente seu semblante. Seus olhos quase saltaram das órbitas, e ele começou a olhar para os lados, tentando ver se ninguém mais tinha ouvido e se comportado estranhamente perante a pronúncia do nome.

— Droga! — Gallund praguejou, e se aproximou ainda mais do garoto. — O que quer com ele?

— E-eu. Eu vi um dragão. E ele está vindo para cá! Quero avisá-lo para que faça alguma coisa a respeito! — respondeu enquanto gesticulava exageradamente.

O soldado faz uma careta de surpresa e descrédito. Então sussurrou no ouvido do menino:

— Sei onde *Sir* Johann está. Mas a partir daqui, não diga mais o nome dele em público, pode ser perigoso! – Gallund então se levantou, olhou para um soldado descansando à distância e gritou: — James, James! Você pode tomar meu lugar aqui? Só por alguns minutos. Esse garoto tem uma mensagem importante a entregar, preciso escoltá-lo até o castelo.

A resposta foi afirmativa. O homem ruivo, sardento, pequeno e atarracado se levantou desajeitado, recompôs seus trajes e correu até seu posto temporário.

Gallund e o menino foram na direção do castelo e assim que saíram do campo de visão de James, mudaram seu caminho.

— Muito estranho não é? Como alguém pode não conhecer *Sir* Johann? Ele é o maior guerreiro do mundo, não acha? Deve estar orgulhoso de tê-lo como filho! – discursava com entusiasmo o garoto. Sempre sorrindo e admirando os arredores.

— Esqueci de perguntar. Qual seu nome? — indagou Gallund num tom sério. Caminhando na frente, sem olhar para trás.

— Erick, senhor.

O soldado então parou; se virou e olhou para baixo, o garoto quase trombou com ele.

— Então, Erick. Como conhece meu pai?

— Seu pai? — ele se surpreendeu. Não fazia sentido, *Sir* Johann não tinha filhos, não ainda pelo menos. — Como assim seu pai?

— Meu pai, oras! *Sir* Johann é meu pai, pelo menos é o que ele sempre me disse. Tanto que tenho o nome de meu avô.

— Mas, ele não tinha filhos.

— Ele não tem filhos, tem um filho. — Gallund coçando o cenho e batendo o pé ritimadamente contra chão, confuso.

Não mais confuso do que Erick, que não tinha palavras e tentava entender o que estava acontecendo. Coisa muito difícil para uma criança.

— Merda. Vamos até ele, talvez consiga explicar. — o soldado puxou o menino pelo braço e ambos se esgueiraram pelos becos da cidade, cada vez mais se afastando do centro, na direção de uma área claustrofóbica, fétida, coberta de neblina e com bêbados e mendigos por todos os lados. Eles estavam na periferia do reino, chamada de Gueto do Vale. A presença lá, em qualquer horário, não era aconselhável, ainda mais com um número de pessoas inferior a quinze homens bem armados.

— Até chegarmos à casa de meu pai, não faça nenhum barulho, apenas me siga e obedeça cada palavra minha.

— O que houve com *Sir* Johann? — quase ao mesmo tempo, Gallund tapou a boca do garoto, levou o dedo na altura do nariz e sibilou pedindo silêncio.

O menino estava extremamente assustado com todo o lugar a sua volta, não se lembrava de ter visto nada parecido, em sua memória aquele lugar todo era um cortiço, sim, mas dos mais bonitos. Com pessoas de bem, soldados, ferreiros, mercadores e açougueiros. Não fazia sentido mudar aquilo para esse pedaço de loucura em menos de uma semana. Alguma coisa não estava certa.

Era magia do dragão, com toda a certeza.

Quinze minutos depois, eles chegaram a um beco sem saída, repleto de casas de alvenaria mal acabadas.

— Chegamos. — era Gallund.

— Como assim "chegamos"? Chegamos aonde? — Erick puxou a manga do soldado.

— Na casa do meu pai.

Eles estavam de frente para a maior casa do local, com cerca de três metros de altura por cinco de comprimento e mais bem conservada do que as outras a seu redor. Como se quem morasse lá fosse, de alguma forma, mais importante que seus vizinhos. A expressão de Gallund foi do receio para a mais profunda vergonha. Ele ficou extremamente desconfortável naquele lugar, e sempre que ali estava, a única coisa na qual pensava era em ir embora.

Diferente era a expressão de Erick, a dele poderia ser interpretada como decepção, com efeitos do medo e sinais de preocupação. Nada comum em crianças.

— Casa do seu pai? Por que o maior heroi que essa terra já viu estaria morando aqui e não no castelo?

— Ainda está difícil acreditar que você não seja maluco. Meu pai não é esse herói do qual fala há mais de quinze anos. — o soldado desviava o olhar da casa o quanto podia. — Afinal, que história é essa de dragão?

— Eu estava caçando pedras na praia, quando vi uma diferente, saindo da areia. Tinha uma cor esquisita, parecia uma noite de céu estrelado. Era bem grande com inscrições engraçadas que nunca vi na vida. Mas mesmo assim conseguia ler. Só que... Nunca aprendi a ler. — enquanto o menino contava a história, os olhos de Gallund se esbugalharam, sua pele ficou pálida, suas mãos encresparam, por um instante não sentiu as próprias pernas, até seus cabelos se ouriçaram. Como se a realidade, por uma fração de segundo, o socasse no rosto e lhe desse uma joelhada no estômago. Seu corpo inteiro reagiu. E tudo no que ele conseguia pensar era "não Deus, por favor, ele não". — Então eu li. Alguma coisa me obrigou a dizer as palavras em voz alta, mas não entendia. A única coisa que ainda consigo me lembrar é *Cthulhu fhtagn*. E essas palavras não saem da minha cabeça desde essa hora. Então eu vi o dragão saindo da água. É tudo do que me lembro.

— "De sua morada em *R'lyeh, Cthulhu* morto espera sonhando." — sem controle de seus lábios disse o agora-não--tão-homem pausadamente. Era possível ver sua alma se retirando do corpo em puro terror. Uma alegoria indescritível acontecia na frente de todos.

Essas palavras não eram estranhas, mesmo para quem nunca as ouvira. Todos ficavam aterrorizados com elas, mesmo sem saber por quê. O mundo parecia tremer, o céu escurecer e então tornar-se rubro para ficar claro como uma manhã ensolarada e novamente alcançar o breu.

— *Ph'nglui mglw'nafh Cthulhu R'lyeh wgah'nagl fhtagn.* — disse Erick sem sequer notar sua boca se mexendo. O som disso era tão carregado de horror e loucura que matou dois idosos, causou o aborto de uma jovem, levou três pessoas à loucura e trouxe os dois idosos de volta a vida, seguidos do choro abafado da criança abortada. Essas palavras pertenciam tão pouco ao mundo que o cérebro as interpretava como qualquer outra coisa semelhante, mas não encontrava. Então as transformava em sussurros indistinguíveis que mesmo assim se faziam entender, gelando a espinha.

Gallund puxou a criança pelo braço para dentro da casa de Johann, sua expressão de temor passou para o desespero, sabia que nada mais poderia ser feito, mas é da natureza humana sempre acreditar que há uma saída. Ela poderia estar em seu pai.

— Meu pai está aqui porque descobriu sobre essa pedra e o *Inominável*. Tentou alertar a todos junto com um dos jovens soldados mais leais a ele. Ambos foram chamados de loucos, e expulsos. Tentou viver normalmente por três anos, conheceu minha mãe, que morreu no meu parto. — lágrimas escorreram pelo rosto, enquanto Gallund tentava segurar os soluços decorrentes do choro o quanto podia. — Lhe foi dado o perdão e permitiram que vivesse novamente na cidade, desde que esquecesse tudo isso. Mas o soldado que estava com ele voltou, e o carregou para essas coisas novamente. Eu cresci vendo meu pai enfiado em livros, sem sair de casa por meses, apenas estudando maneiras de prever sua chegada. Mas ele morreu antes de conseguir.

— Como assim, morreu? *Sir* Johann morreu? — o menino, puxado pelo braço, não conseguia se soltar ou parar de correr, apenas seguir seu acompanhante. — Se ele morreu, para onde você está me levando? Pode responder? Você me ouve? Droga! Me solta!

Ele não foi ouvido ou mesmo percebido. Até chegar ao quarto de Johann, ou onde supostamente ele deveria estar. E lá tudo o que restava eram livros ensebados, cheios de poeira e traças espalhadas por toda a parte. Em um canto estava jogado um cadáver quase sem pele, com a carne descolando dos ossos, unhas, barba e cabelos em tamanhos descomunais ao lado de uma espada enferrujada e trajando o que um dia deve ter sido uma armadura. A armadura de *Sir* Johann.

— Boa tarde, Erick. — a voz cavernosa regida pelas batidas das mandíbulas ósseas vinha do que foi a boca do cavaleiro. Era grotesco, mas fazia o menino sentir uma vontade incontrolável de rir. — Ou devo dizer boa noite? Sabe, quando Ele acorda, já não conseguimos mais distinguir a passagem do tempo. Nem precisamos na verdade, já sabemos que não nos resta muito dele.

— G-Gallund... — Erick olhou para o lado e caiu no chão com o susto, Gallund agora era um monte de carne podre e rosto sem olhos, com os dedos desprendendo. A roupa mal colocada já que não havia mais volume para vestir.

— Não sei se percebeu, mas o mundo já acabou e *Cthulhu* acordou. Trouxe todos *Os Outros com Ele*. — O que sobrou de *Sir* Johann gargalhou e começou a bater palmas para o menino. — Receio que devemos agradecer a você.

A gargalhada e as palmas se prolongaram. Primeiro por um espaço de tempo que pareceu horas, que então se tornaram dias que duravam meses com o martírio de anos. E todo esse ruído ressoava na cabeça do menino que ao tentar tampar os ouvidos, sentiu barba no próprio rosto. As palmas cessaram junto com o som de ossos se quebrando.

Seus olhos abriram pra verdade.

Erick não era uma criança, já tinha seus trinta e seis anos. Tudo isso fora a mente dele tentando ajudá-lo a fugir da realidade do mundo que criara. Ele enlouqueceu ao ver *Cthulhu*, e escapou da realidade para algo acalentador.

Nada era tão aterrorizante e enlouquecedor quanto ver *Ele* com os próprios olhos.

Quanto saber que *Ele* acordar é culpa *sua.*

Elegan

Andrio J.R. Santos

Conta-se que há muito tempo, quando o mundo era jovem, existiam muitos vilarejos élficos. Num deles, vivia uma elfa chamada Heelen J'llar. Ela era exemplo de beleza e vivacidade, inspiração para bardos e poetas. Seus cabelos prateados, ondulantes, brilhavam como a estrela guia os marinheiros nas noites frias. Possuía a pele doce e delicada como uma pequena flor do campo ao desabrochar na primavera. Seu corpo era de uma beleza infinita, parecia esculpido com todo o capricho leviano de Aleria, a doce e sedutora deusa do amor, pois era de sensualidade divina. Seu rosto moldado pela paixão, era anguloso, seus olhos tinham a cor dos céu azul mais límpido e sua boca era dotada de uma malícia involuntária e irresistível. Dizem que sua voz acalmava os animais selvagens e despertava se vidão nas criaturas mais dóceis, e que à sua simples imagem, qualquer um poderia se apaixonar. Tudo fazia dela a elfa mais bela de sua aldeia, a mais desejada, e todos que ali chegavam ficavam transtornados e sentiam-se servos de sua beleza.

Porém, ela era tímida, e apenas desejava viver sua vida sem transtornos. Muitos homens sem honra tentaram, em vão, tomar-lhe como mulher. As outras elfas, por inveja e mau agouro, a desprezavam e humilhavam. Isso fez com que Heelen partisse. Não foi para muito longe, mas perdeu o contato com o povoado, se isolando em uma pequena cabana perto de um riacho. Ali passava os dias tecendo e perguntando-se porque era tratada com aversão. Não sabia qual era seu erro...

Enquanto ela chorava na terra, ele reinava nos ares. Lá em cima, soberano nos céus cristalinos, ele voava sobre a brisa morna trazida pela primavera que estava chegando. Voava para algum lugar, de olhos fechados. Ele era Elegan, o Rei dos Dragões Azuis. A luz do sol o acertava e explodia em milhares de tons de azul. Suas escamas eram como safiras brilhantes reluzindo a aurora, suas asas como enormes ondas do mar: límpidas e grandiosas. Suas presas e garras eram brancas, e letais, como as planícies geladas do norte. Exibia toda a glória de um Rei Dragão, um dos mais poderosos do mundo, e sua aura de poder era capaz de iluminar a noite mais escura.

Lá de cima via o mundo como um deus, observava tudo que existia naquela terra e apreciava manter-se neste passatempo. Até certo dia, quando, lá do alto, o Rei dos Dragões Azuis avistou um pequeno córrego em uma planície perto das montanhas, e decidiu descer para saciar sua sede. Elegan pousou, seguiu na direção do riacho, e bebeu de sua água. Enquanto matava a sede, ouviu uma linda canção soando baixo, vinda mais acima da torrente. Assumindo sua forma humanóide, um elfo alto, alvo, de longos cabelos escuro-azulados, olhos claros como a água que bebia, e roupas finas que designavam nobreza, caminhou sorrateiro pela floresta, atraído e deslumbrado por tamanha beleza que era aquele cântico.

O sol afoga-se na imensidão
E a noite traz a fria brisa da escuridão
As estrelas, de longe, tocam meu coração
Revelam-me teus olhos de doce paixão
Todas as almas estão esparsas agora
Neste instante onde meu amor aflora
E longe de ti está meu pensamento
E apenas por teu toque anseio neste momento
Minhas tristes asas irão envolver-te
Minhas tristes asas irão envolver-te
Estou indo voar, indo voar
Pedir às estrelas alguém para me amar.

O elfo moveu alguns ramos e vislumbrou, não distante, uma elfa sentada numa rocha a beira do regato. Descalça, deixava que a água banhasse seus pequenos pés. A lua estava cheia, sua luz caía sobre ela refletindo em seus cabelos, como fogo prateado, quando às madeixas ondulavam ao vento. Ela usava um vestido branco, quase transparente, que se confundia com seu corpo alvo e moldado ao prazer dos deuses. Suas pernas estavam expostas, reluzindo como se não fossem terrenas. As alças do vestido estavam caídas pelos ombros, o que a deixava com um ar delicado de fragilidade. O busto semi-exposto arfava preguiçosamente com seu respirar. Elegan estava fascinado, jamais vira algo tão belo e magnífico. Duvidava se a própria deusa do amor seria tão linda. Ele a desejou naquele momento, mas devido a sua grandiosidade sem igual, achou errado seduzi-la. Então, resignado e tomado pela indecisão, foi-se embora. Seguido ele voltava à planície, apenas para contemplar sua beleza. Não sabia o que estava acontecendo, pois ele nunca recuara diante de uma linda dama. Então decidiu partir e nunca mais voltar, pois não havia razão para tal, já que ele não investia na linda elfa.

Num tempo incerto, depois de tal decisão, estava ele na feira de vilarejo cujo nome se perdeu, e em meio aos festejos ele deparou-se com um ancião muito velho e de aparência cansada. O velho estava escorado em uma mureta, mal conseguia manter-se em pé. O Rei Dragão viu este idoso fitá-lo e, como se conhecesse toda a sua vida, apenas disse:

— Vós possuirdes pouco tempo Majestade, não deixe o que há de belo em teu coração fugir de ti.

E Elegan surpreendeu-se! Não sabia como aquele ser humano tinha ciência sobre ele ou sua paixão pela elfa, mas o fato é que de alguma forma, aquilo abriu os olhos do Rei, e ele imaginou sua vida sem ela, sem mesmo poder admirá-la, e constatou que sem isso, não era vida, apenas uma existência vazia, pois ele, sinceramente, a amava.

Na manhã seguinte, ele voltou à planíce, e novamente de longe a admirou, porém, desta vez, preparou uma surpresa para sua amada: antes que ela despertasse, ele foi até a sua janela e usou muito de seu conhecimento e muito de seu poder para criar uma linda flor, uma rosa de cor azulada, como os olhos de sua amada, e a deixou lá, para que ela, ao acordar, encontrasse a flor que ele criara em sua homenagem. E foi exatamente o que aconteceu.

Quando ela acordou naquela manhã, abrindo a janela, viu a pequena nata de pétalas azuladas, e foi colhê-la. Ficou surpresa ao notar que o aroma da flor era seu, e maravilhou-se, pois nunca vira algo tão belo. Elegan, satisfeito com seu sucesso, decidiu continuar. Então, voou pelos céus e pintou neles um retrato de sua amada. E pode ver que ela, ao levantar seus olhos, deixou que caíssem duas lágrimas de felicidade. Mas ainda não era o bastante, pois sua amada merecia muito mais, mais até mesmo do que ele poderia oferecer. Então, preparado para apresentar-se a ela, ele, senhor dos ventos, fez com que a brisa sussurrasse uma poesia ao seu ouvido.

Este amor calmoso
Vividamente ditoso
Em ermo é ardoroso
Em si, grandioso
Em todo tempo que me resta
Meu coração, por ti, cresta
Em um abismo incandescente
Em tua alma luzente
Amo-te em cada respirar
Em todas as formas de amar
Tuas volúpias desejo
És todo o mundo que vejo
Amor implícito no olhar
Em nós, inerente
Razão para sonhar
Profuso veemente.

E quando mais uma vez ela deixou uma lágrima escapar, ele deu um passo além, e do meio da floresta veio a emergir. Ela, em um primeiro momento transpareceu medo no olhar, e isso o fez hesitar um tanto. Mas logo seguiu recitando seu poema, e ela entendeu quem era. Aquele por quem ela esperara tanto tempo, aquele que ela pedira às estrelas que a permitisse encontrar, aquele que a faria rir e chorar de alegria. Ela não sabia seu nome, mas isso não importava, pois ela o amava, assim como ele a amava também. E o Rei, imponente e majestoso, sentiu-se pequeno diante da força daquele sentimento, daquela deliciosa submissão, e tomando-a em seus braços, a beijou, e o Dragão Azul mais antigo e poderoso do mundo voou mais alto do que jamais sonhara.

Heelen e Elegan viveram seu amor como numa poesia, pois era melodioso e expressivo, dotado de arte, delicadeza e nobreza. O Rei Dragão acreditava que ela deveria ter tudo de mais grandioso, ele queria dar a ela o mundo, mas a elfa estava feliz em viver na planície. Estava satisfeita em apenas estar ao seu lado e poder amá-lo, pois essa era sua maior riqueza. Algum tempo depois, Heelen engravidou, o que fez Elegan rugir de alegria e a elfa esboçar um dos mais lindos sorrisos que o dragão de escamas azuis já pudera contemplar. Porém, um sonho pode ser eterno, mas os sonhadores não duram para sempre. Então, quando estava nos meses de Heelen dar a luz, ela foi acometida por uma terrível doença, a qual, nem mesmo Elegan, sendo tão poderoso, conseguia curar. Ele tentou encontrar mil formas de livrá-la do malefício, mas somente uma lhe parecia eficaz: devia ir até os clérigos de Aleria, a deusa do amor e da vida, pois se alguém poderia fazer alguma coisa, manipular os imprevistos da vida para salvá-la, eram os clérigos desta deusa. E rápido como um raio ele voou, cruzando a imensidão do céu sem descanso algum, até chegar a um grande templo numa montanha distante.

O lugar era gigantesco, possuía mais de cento e cinquenta metros de altura, uma escadaria esculpida diretamente na pedra levava até a entrada principal: uma enorme abertura dupla, a qual possuía trabalhos em mármore e duas grandes estatuas de celestiais com asas emplumadas em cada lado da porta, como se fossem sentinelas, designados a missão de guardar o local sagrado. Elegan entrou as pressas no santuário.

Mal havia chegado no lugar e dois clérigos vieram ao seu encontro, reconhecendo-o como majestade. Um deles era calvo, corpulento, com uma aparência serena e bem apessoado, o outro ostentava longos cabelos loiros, usava uma camisa de seda e tinha um brilho apaixonado de fascínio no olhar. Os dois lhe prestaram as devidas cortesias, ao que o homem calvo disse respeitosamente:

— Majestade, Rei dos Dragões Azuis, eu me chamo Iu'tark, e este é meu discípulo Der'tirio, a que devemos a honra de sua real presença ?

— Minha esposa foi acometida por uma terrível enfermidade, e necessito que vão até lá para curá-la desse mal, os levarei em minhas costas se necessário for!

— Sinto, majestade, mas nada podemos fazer. E não acredito que haja segredos que nós saibamos, dos quais o senhor já não tenha conhecimento. Mesmo que houvessem, estaríamos proibidos por nossos votos de interferir.

Dizem que a expressão de Elegan foi fulminante, e ele teria pulverizado ambos se não estivessem dentro de um lugar sagrado, pois o dragão ainda manifestava algum respeito pelos deuses, ou talvez não fizesse isso porque ainda precisava de Aleria. O fato é que mesmo sob a insistência de Elegan, eles recusaram, e uma grande aglomeração se fez ao seu redor. Já farto de perder tempo, cruzou todos os que o cercavam e deparou-se com a gigantesca estátua da deusa que adornava o salão principal. Ela estava em pé, como que dançando suavemente, ou em um leve movimento sensual. Ele gritou por ela, a invocou, e por um instante nada se ouviu. Mas em um novo chamado, o teto do mosaico em vidro colorido ondulou como as ondas do mar, e uma luz ofuscante fez surgir uma forma humanóide indecifrável, que logo Elegan reconheceu como sendo Aleria!

Seus longos cabelos rubros estavam tão brilhantes que refletiam dentro de todo o lugar um brilho avermelhado como o de chamas queimando lentamente. Seus olhos brilhantes como um céu estrelado, reluzentes como diamantes e incandescentes como um sol de verão o fitavam, esboçando uma expressão calmosa em uma cor pálida como cinzas de rosas. Seu vestido vermelho e branco, translúcido, delineava perfeitamente suas formas. Seu busto era farto, porém não exagerado, com um leve decote que instigava a imaginação. Sua cintura fina ajudava a delinear os quadris perfeitos. Logo abaixo o vestido longo se partia, deixando expostas suas pernas bem torneadas, brancas como um dia de neve, esculpidas da forma mais formosa que os olhos podiam ver, e a mente podia distinguir.

Ela tocou o mármore com seus delicados e descalços pés e ele ajoelhou-se. Clamou, implorou para que ela curasse Heelen, mas tudo que ela pôde dizer foi:

— Aceite os fatos da vida como eles são, Grandioso Dragão Rei, pois a vida deve seguir seu curso sem a minha intervenção, e você deve entender e aceitar os desfechos que ela tomar" — Elegan enfureceu-se. Pô-se em pé e urrou furioso dizendo: — Eu humilhei-me e clamei pelo teu socorro! E tu negaste a única coisa que já importou para mim: a mulher que amo! Agora dou-te um recado, e que os ventos gravem em tua memória e levem até os ouvidos de todos os outros deuses que puderem ouvir: nada me separará de Heelen! — Após estas palavras, o Rei Dragão assumiu sua forma verdadeira e alçou vôo, destruindo a entrada do templo.

Ele voltou para junto de sua amada, para ficar ao seu lado. Esperançoso de que ela pudesse se recuperar, mas ciente de que as chances se esvaiam a cada dia, e quanto mais o tempo passava, mais o amor de sua vida escapava entre seus dedos. Até que um dia, veio o remate inevitável: Heelen, pela doença, pereceu.

Aquele foi o momento em que o Rei sentiu-se impotente, como um vassalo a mercê dos caprichos da vida e da morte. Nunca sentira uma dor tão grande, pois nunca havia perdido algo com tamanha importância como perdera sua amada, que era toda a sua vida. Repetiu para si mesmo:

— Heelen era a brisa primaveril que aquecia meu frígido coração, ela era o vento que soprava sob minhas asas e me permitia voar, sem ela eu não posso ser Rei, sem ela eu não serei nada além de um resquício de uma alma dilacerada... Eu não posso mais existir!

Então Elegan avançou para dentro dos céus, subiu alto e mais alto, de repente parou, e de dor e ódio ele urrou. Seu rugido ecoou pelo céu e pela terra, e pôde ser ouvido nos quatro cantos do mundo. Fechando os olhos ele despencou, mais e mais fundo para lugar nenhum. Ele fez o que nunca outra criatura viva havia feito ou sonhara fazer. Tamanho era seu poder, que ele abriu uma passagem e adentrou no Urack' Dur, o Mundo Inferior. Lá embaixo, iniciou uma busca incessante pela alma da amada. Ele varreu o submundo em busca de Heelen, o que desagradou profundamente Gaal' Denir, o sombrio e funesto Deus da Morte, que não tinha idéia de porque um Dragão Rei estava destruindo seu glorioso reino. Então, Gaal'Denir foi até seus mais valiosos súditos, e ordenou que estes, os espíritos conhecidos como Nai'urtgall, fossem ao encontro do Dragão...

Elegan voava em meio aquele reino sóbrio. Ele via torres imensas, cinzentas, construídas com ossos e pedaços de carne costurada. Ele via lagos de águas turvas, e quando se aproximava, notava as almas lá embaixo, nadando esparsas e perdidas dentro de seu eterno oceano de desespero. Ele ficou horrorizado quando passou por um bosque onde pessoas corriam agonizadas, e corvos voavam devorando-as, arrancando seus olhos e dilacerando seus corpos. Ele se aproximava de uma grande planície, repleta de flores negras e gramínea esverdeada como limbo, quando avistou ao longe três figuras no horizonte lúgubre daquele lugar. Caminhavam sem pressa pela campina, e o Rei Dragão desceu em direção à pradaria tomando sua forma élfica. As criaturas eram como elfos são na morte: pele lívida e opaca, olhos totalmente negros e uma expressão apática predominante e invariável gravada em suas faces. Possuíam longos cabelos negros e extensas capas caíam de seus ombros até o chão. Eles usavam armaduras negras e cada um ostentava um brasão gravado em seu peitoral. Quando estavam suficientemente próximos, um deles levantou a voz e disse a Elegan:

— Rei dos Dragões Azuis, eu sou Rye' allar, o Medo; este a minha esquerda é Otrh'Nergath, a Praga; e este a minha direita é Unin' Dorar, a Angústia. Nós somos os responsáveis por ceifar as almas que encerram seu tempo mortal e trazê-las aqui para este lugar, onde existirão pela eternidade, recebendo de nosso senhor, Gaal' Denir, o Senhor da Não-existência, um único veredito incontestável. Daqui tu não passarás, Rei Dragão, porque nós viemos ceifar tua alma, pois uma vez que entraste, nunca mais poderás sair.

E os três espíritos profanos avançaram sobre Elegan, que os confrontou com todo o ódio de seu coração. E ele não poderia perder, pois nada temia, já perdera sua vida, e não há nada mais perigoso e fatal do que um inimigo que nada mais tem a perder. Ele desviou das garras de Praga e, com as suas, agarrou-lhe pelo pescoço, estrangulando-o. Otrh'Nergath arfou e debateu-se, mas não resistiu. Elegan o soltou sem vida na planíce coberta de flores soturnas. Porém, há muito ele não era mais dotado do calor da vida, e em questão de segundos pôs-se em pé, regenerado.

— Está vendo, Rei Dragão, somos imortais, portadores da morte, e podemos nos regenerar de qualquer mal que nos cause — disse Otrh'Nergath, emboçando um sorriso cínico em seu rosto sem vida. Elegan sorriu da mesma maneira, e os ceifadores não entenderam, até que ele disse em voz baixa e calma:

— Veremos se regeneram do pó... — O Rei dos Dragões Azuis, assumindo sua grandiosa forma real, lançou-se em voo e, lá do alto, dispersou uma baforada de um fogo azulado que atingiu em cheio as três criaturas. Rye' allar e Otrh'Nergath tentaram proteger-se, mas foram lentos demais, além disso, eram frágeis perante a majestade de Elegan, e eles encontraram o fim de sua existência pelo fogo do Dragão, pois nada sobrou de seus corpos nem de suas almas, nem mesmo o pó. Unin' Dorar, a Angústia, era mais forte, e conseguira resistir. Então, em um grande salto, ganhou os céus e transformou-se em um grande leão negro como asas emplumadas. Mas suas investidas duraram pouco, pois seus ataques eram ineficientes contra o Dragão. Elegan abocanhou a garganta da criatura, que deixou fugir apenas um gemido de dor e desespero, e o lançou dentro de um grande lago repleto de almas sedentas, onde foi consumido por completo, e nada restou da Angústia. Elegan mirou uma grande torre, além da planíce e de um grande deserto onde corriam rios de magma, voou naquela direção. Pois imaginando que poderia passar a eternidade procurando, e mesmo assim não encontrar a alma de Heelen, chegou à conclusão que precisava de alguém que possuísse esse conhecimento o indicasse ao lugar certo, e sabia ele que o único com tal ciência, era Gaal'Denir.

Na torre para onde o Grande Dragão Azul se dirigia, Gaal'Denir bufava raivosamente, pois percebera que o Dragão apagara seus ceifadores da existência. E em meio a seu praguejar e seus murmúrios irritados, Aleria, com toda sua sensualidade, se fez presente. O deus do mundo inferior não pareceu surpreso em receber uma visita tão inusitada, e quando ela tentou dizer algo, ele foi logo indagando:

— No fundo, eu tinha certeza que tu estavas, de alguma forma, envolvida com esta tolice toda —, e ela pôde sentir seu ódio transparecendo em seus olhos negros como a mais pura e sorrateira escuridão. A pequena e bela deusa do amor, explicou ao frígido deus do Mundo Inferior a razão pela qual havia um Dragão Rei devastando seu mundo.

— Eu sempre preveni que estas tuas manias de criar lindas mulheres ainda iriam trazer-te problemas — berrou Gaal' Denir, enfurecido! O Senhor das terras de onde não há retorno mandou-a detê-lo, de qualquer forma, já que ao seu entender, ela era a culpada, e ainda ameaçou-a de que se não fosse, iria revelar aos outros deuses um pútrido segredo seu. Sem muitas alternativas, Aleria armou-se e foi ao encontro de Elegan.

— Você precisa parar, Rei Dragão! Não desejo lutar, mas se não houver alternativa, terei que derrotá-lo" — Ouviu a deusa dizer com voz doce e gentil, mas arranhada com certo pesar. Elegan retrucou reafirmando sua promessa: "Já disse e repito: nada pode me separar de Heelen! Nada! Nem mesmo um deus! — E ele avançou sobre Alería. Mas a deusa que representa a essência da vida, a paixão e a sensualidade, foi feita para a paz reconfortante e envolvente do amor, não para a violência e brutalidade que há na guerra, e uma baforada fulminante, que queimava mais forte que o próprio fogo da glória, atingiu-a em cheio, e nada pôde fazer contra tal poder. E uma deusa caiu dos céus escuros de Urack' Dur... Elegan a derrotara com apenas um golpe, tamanho o poder que nascia de sua raiva, rancor e amor... Isso foi mais que o suficiente para que Gaal' Denir se enfurecesse. Dizem que quando ela gritou de dor, uma lágrima correu pelo rosto do soturno deus das almas condenadas, pois ele, de certa forma, nutria um forte sentimento pela deusa... E, abrindo suas asas negras, ele voou até Elegan.

— Tu entraste em meu reino, devastando-o. Tu aniquilaste com meus mais leais súditos. Quase extinguiste um deus, que é algo que tu devias prezar. Pois agora, não permitirei que continues com isso, e mostrar-te-ei, que o pesar que tu sentes agora, pode ser maior...

E Gaal' Denir brandiu sua lâmina contra as garras de Elegan, e ela era mais afiada que as unhas do dragão. O Senhor do Submundo era mais veloz e mais pujante que o Senhor dos Céus. Mas Elegan não poderia desistir, não poderia perder, ele lutava por sua amada, por seu amor, por sua vida! Mas Gaal' Denir era um deus, e um deus é poderoso... Desta vez, foi o Dragão Rei Azul quem caiu dos céus, estatelandose na planíce coberta por flores lúgubres que exalavam um aroma doce e envolvente. Somente Heelen estava em sua mente naquele momento. Ele sentia dor, forte e agonizante. Ouvia os passos vagarosos do Deus do Submundo na sua direção, conseguiu abrir os olhos, e viu o grande Deus da Morte erguer sua mão direita:

— Enquanto eu estiver aqui, a alma dela aqui permanecerá. Está banido agora de meus domínios Rei Dragão, e por minha vontade, nunca mais poderá retornar, mesmo depois de morrer, pois tua alma vagará sem rumo pelas terras da superfície, pois eu não a acolherei aqui, onde ela poderia encontrar-se com a alma da tua tão amada elfa. E ainda mais, rogo sobre ti uma maldição: se um dia deixares a planície onde viveu teu tão intenso e sincero amor, tu esquecerás que um dia amou e foste amado, se saíres de lá, será, para ti, como se Heelen nunca houvesse existido, pois sentencio teu amor, não a glória que há na morte, mas a dor que existe no esquecimento.

Elegan foi mandado de volta à superfície. E depois daquele dia, nunca mais deixou a planície, pois escolheu viver na memória de um grande amor, a permanecer nas trevas do não-amar. E nas margens do grande rio Tea'ev, Elegan construiu um grande palácio, o mais belo de todo o mundo. Esculpiu pedra a pedra e moldou cada centímetro. Levou trezentos anos para que o concluísse, e quando terminou, deu a ele o nome de Heelen. Com o passar do tempo, os povos da região, maravilhados pelo que ele construíra, cientes dos fatos, comovidos ou admirados por Elegan ter desafiado os deuses, aos poucos se estabeleceram em torno do grandioso santuário, e o idolatravam como um grande herói, como o rei que era. O resultado disto foi que ali se formou um dos mais poderosos impérios do mundo, governado pelo Rei dos Dragões Azuis. Porém, dizem que Elegan nunca mais exaltou sua majestade imperiosa. A luz do sol que o acertava agora o fazia sentir-se incomodado, desejando apagar aquela grande chama dos céus. Suas escamas, não mais reluziam como pedras preciosas, mas sim eram opacas, como a tristeza e a amargura que transpareciam por seu olhar. Ele não mais ressaltava sua glória de Dragão Rei, que era um dos mais poderosos do mundo, e sua aura de poder agora era cinzenta, envolvida por dor e angústia. Ele parecia estar eternamente amarrado a uma existência vazia, lúgubre e desolada. Seus dias apenas passavam, sangrando em meses e anos, e Elegan via cada segundo como uma dolorosa eternidade. Nunca mais encontrara o sentimento vívido de liberdade e poder que um dia conhecera, aquela submissão acolhedora e amorosa. E por mais que ele subisse muito alto, além das nuvens, quase tocando as estrelas, ele nunca mais conseguiu voar realmente, como voava quando Heelen estava ao seu lado.

O Caldeirão de Aqueronte

MARLON TESKE

O único erro de Jellian foi permitir que sua vida fosse manipulada por tanto tempo.

É bem verdade que, naqueles dias em que Emaúl reinava, as mulheres não tinham vez ou voz perante a sociedade. Em alguns lugares, como nos templos da Sacra Doutrina ou nos Senados onde os rumos do Império eram decididos, a mera presença de uma mulher era considerada de mau agouro. Mas também era verdade que boa parte do que lhe aconteceu era sua culpa. Ela reconhecia que fora colocada frente a frente com a verdade em mais de uma oportunidade, mas negou-se a aceitá-la até ser tarde demais.

Sentiu o peso dos grilhões em seus pulsos e as lágrimas aflorarem em seus olhos; no entanto, segurou-se. Não era hora para chorar. Respirando com dificuldade, se arrastou até a parede mais próxima para sentar um pouco. Os cortes nas costas provocados pelo açoite e os hematomas dos chutes dos soldados ainda lhe doíam de forma terrível, mas era o que vinha em seu ventre que mais lhe preocupava. Sentia cólicas horríveis, e era cedo demais. Não lhe davam nada de comer desde a véspera de sua captura, e mantivera-se bebendo apenas da água que escorria através da janela alta. Chovia praticamente o tempo todo na capital do mundo conhecido.

A treva vez ou outra era interrompida pelo clarão de um raio, seguido pelo ribombar dos trovões. Estes lampejos revelavam o teto baixo e cinzento da cela onde estava. Havia um catre arruinado em um canto, mas ela não tinha forças para percorrer a curta distância até lá e erguer o corpo ferido. A porta era de madeira escura e suja, salpicada por alguma coisa que Jellian acreditava ser sangue. No chão de pedra emporcalhado, a água decantava em poças. Ali seu reflexo era tão atemorizante quanto a perspectiva de seu destino.

Os cabelos louros e compridos haviam sido aparados por um dos soldados que efetivaram sua captura. O animal utilizara-se de uma espada cega para realizar o serviço, arrancando-os ao invés de cortá-los para logo após exibir o escalpo com orgulho para os companheiros que, gargalhando, surravam-na. Foi amarrada que adentrou as muralhas da Masmorra de Emaúl, o lugar onde deveria apodrecer até a morte.

Há quanto tempo àquela loucura havia se espalhado levando o povo a aceitar o inaceitável e — ironia maior — lutar para manter aquela vergonhosa existência, era difícil precisar. A memória dos homens é curta e quase todos os guerreiros já haviam se esquecido que existiu um tempo em que as mulheres eram mais do que mães. Ignoram que foi em seu ventre que a vida começara. Que cada um deles trazia em seu sangue a herança dos seus antepassados, que foram gerados pelo amor que unia dois corpos no calor do enlace. Que existia um outro mundo antes de Aqueronte e do Caldeirão de Krish. Anterior a ruína.

Quando se espalhou a notícia de que o sacerdote maior da Sacra Doutrina, Krish, havia recebido das mãos do próprio Aqueronte, o espírito governante dos mundos inferiores, um caldeirão cujo conteúdo que se bebido fosse conferiria a imortalidade, as demais nações do mundo enviaram representantes de sua fé para implorar pelo seu conteúdo. Krish, no entanto, insistiu que apenas Emaúl, o Rei dentre os Reis, era digno de receber tal dom, sob a pena de trair a confiança de Aqueronte. A declaração gerou indignação e revolta, e logo os exércitos inimigos marchavam na direção do Império para obrigá-los a ceder o precioso caldo.

Sem alternativa para defender seus próprios súditos diante de tamanha insurreição, Emaúl ordenou que cinqüenta soldados eleitos bebessem do caldeirão para fazer frente à investida inimiga, formando assim um pelotão de guerreiros que não poderiam ser vencidos nem pela fome, nem pelo cansaço, tampouco pela própria morte. Para a surpresa de todos, cada vez que se bebia do líquido sagrado, o caldeirão tornava-se a encher por puro encanto. Sob a luz desta revelação,ao invés de cinqüenta, quinhentos e cinqüenta foram agraciados pelo rei. Sob tamanho poderio, os exércitos arrefeceram e ajoelharam-se sob sua bandeira.

Aos prantos, Krish exigiu que o rei desfizesse aquela loucura e parasse imediatamente com a profanação do sagrado. Porém, Emaúl enfureceu-se o acusando de ególatra, pois o próprio também havia bebido do Caldeirão. Quando este insistiu em lembrar que irritar Aqueronte seria a ruína dos homens livres, o imperador baniu o sacerdote de seu reino, enviando-o para além dos desertos onde deveria viver isolado do contato humano para todo o sempre. Infelizmente, como depois se soube, Krish estava certo.

Dali em diante, homens ligados à nobreza, que prestavam honrarias ao Rei ou mesmo destacavam-se nos combates expansionistas das fronteiras do Império eram agraciados com a imortalidade, perfazendo em poucos anos a soma de mil eternos. O povo fazia fila diante dos portões do Castelo Azul implorando pelas bênçãos da vida sem fim. Havia festa, fartura e riqueza alimentada pelas guerras. Foram anos dourados, ou assim se supunha.

Após duas décadas, enfim, não havia mais terra para se conquistar. Todo o mundo conhecido via-se sob o domínio das tropas imorredouras. Todos os escravos jaziam sob as correntes dos guerreiros e todas as batalhas já haviam sido ganhas. Um sentimento de infelicidade apoderou-se dos imortais. Não havia mais objetivos, pois não sabiam fazer nada além de lutar. Abatidos, regressaram a capital do mundo, em busca da iluminação quanto aos seus longos futuros. Mal sabiam que seus problemas apenas haviam começado.

Conforme os anos arrastavam-se, mais e mais a insatisfação dos soldados ,acostumados ao calor da guerra, se espalhava através das terras conquistadas como um câncer. Desejosos da carnificina de outros tempos, distraíam-se matando os homens por qualquer motivo, estuprando suas mulheres, humilhando suas crianças. A tirania gerava revolta, e os mortais muitas vezes optavam pelo risco de fugir para os ermos distantes das urbes do que continuar presos indefinidamente àquele ciclo de horror. Caçar tais fugitivos passou a ser um passatempo. E enquanto o tempo arrastava-se; trazia acorrentado a si o tédio. Até mesmo a violência desenfreada já não tinha mais o mesmo sabor. Foi nesta época que Krish regressou de seu exílio.

Estava muito mais velho, abatido e com o corpo coberto de chagas e pústulas. Seus olhos já não tinham mais o brilho da sabedoria e outros tempos, mas apenas a sombra da loucura. Com a boca parcialmente descarnada e desprovida de dentes, bradou diante dos portões do Castelo que a heresia de Emaúl findaria, pois Aqueronte iria cobrar o preço pelo desrespeito do Rei.

Haveria de chegar o dia em que as contas seriam pagas, cobradas pelas mãos das rainhas que no passado governaram. Para o terror dos ouvintes, inclusive de Emaúl, que das ameias assistia aos brados do velho clérigo, pesadas nuvens aproximaram-se trazidas pelo vento, ou pelo espírito de Aqueronte, como pregaram os membros da Sacra Doutrina, e mergulharam o reino na escuridão. Choveu sem parar sobre a Capital desde então.

E não acabou ali. As colheitas tornaram-se fracas, a escassez e a fome começou a rondar os casarios. Temendo pelo seu futuro como rei, Emaúl consultou os oráculos da Sacra Doutrina em busca de uma forma de pagar a sua dívida para com os deuses e desta forma salvar o Império de tão inglório fim. Após consultarem os livros sagrados, as runas antigas e realizar os rituais de fé, obtiveram a revelação que as vidas dos imortais deveriam ser pagas com sangue de crianças ainda não nascidas, para apaziguar a ira de Aqueronte,na proporção de cinco para um a cada século.

Decretou-se então que, daquele dia em diante, todo casal do Império deveria sacrificar seu primeiro filho, abortando-o em nome de Aqueronte, oferecendo-o de bom grado à manutenção da eternidade dos soldados de Emaúl. Qualquer um que ousasse desrespeitar o peso da lei seria condenado a aguardar até o fim de seus dias nas masmorras. O povo sem escolha acatou a decisão, mas sabia-se que em muitos lugares as crianças continuavam nascendo às escondidas. E esse deveria ser o caso de Jellian, se tudo não tivesse dado errado.

Nova cólica fez com que ela se dobrasse sobre o ventre inchado, com um grito de dor. Era ainda muito cedo para um parto, nem seis meses haviam se passado desde que descobrira que estava grávida. Apertou os dentes com força, e engoliu um grito mordendo a própria mão. Não havia dúvida, havia chegado a hora prematura, possivelmente devido aos maus tratos. Orou em nome das antigas deusas já esquecidas e implorou pela vida do filho. Todo o sofrimento, toda a extenuante jornada para escapar das loucuras do imperador não poderiam terminar conforme seus planos.

Ergueu o vestido ensopado, abriu as pernas e deixou-se levar pela dor para encontrar as forças que precisava e que já não mais tinha. Não era totalmente ignorante quanto a um parto, ainda que aquele fosse apenas seu primeiro. Como a mais velha de sete filhos, ajudara a mãe mais de uma vez naquela mesma situação. Lembrar-se dela a reconfortou um pouco. Se a sua progenitora havia conseguido tantas vezes, também seria capaz de levar aquilo até o fim.

A dor tomou seu corpo por um tempo indefinível, e então sentiu que a criança, enfim, passara em silêncio. Respirando com dificuldade, tateou no escuro e recolheu o pequeno corpo que jazia na água fria. Primeiro com carinho, depois com um tapa, tentou despertá-la para a vida, desejou do fundo de sua alma ouvir o choro estridente de fome. Mas não houve som algum. O cordão umbilical foi partido com os dentes, e por fim, a beira do abismo, fechou os olhos. Exausta e mergulhada na infelicidade mais plena que já vivenciou, dormiu com a criança morta aconchegada em seu peito.

Acordou na manhã seguinte na mesma posição. Em seu colo, a menina permanecia imóvel e gelada. Ela afagou a fina penugem que eram seus cabelos ralos ainda sujos de sangue e chorou. Chorou copiosamente, por um longo tempo, e então amaldiçoou aos céus por uma inocente ter que pagar pela loucura de um homem. Valendo-se da água que descia pela janela, lavou-a da melhor forma que pôde. Salpicada pelas gotas do líquido frio, a recém nascida parecia quase etérea.

— O mundo está louco — desabafou para si mesma.

— Estamos pagando pela nossa própria loucura — respondeu uma voz grave de velho que chegava através da porta. Logo, dedos frágeis galgaram a pequena abertura, e o vislumbre de parte de um rosto parcialmente destruído surgiu espiando pela fresta protegida por grades. Instintivamente, Jellian procurou cobrir-se com os trapos que vestia.

— Quem está ai? — inquiriu irritada, mas sua voz era

apenas um murmuro. A fraqueza continuava acometendo-a.

— Sou eu pequena, o sacerdote, ou o que já o foi algum dia. Sou Krish. O amaldiçoado, por mil vezes traído. Sou aquele a quem pesa a culpa da morte de todos os inocentes, inclusive a da sua frágil filha. Sou aquele a quem deveria odiar.

— E a que veio, Krish? — voltou a perguntar já sem a mesma ira no seu tom de voz — Zombar de meu sofrimento? Se quer ver o fruto dos seus esforços, então contemple o corpo frio e gelado que jaz aconchegado em meu seio.

— Filha minha, sei que não sou digno de pedir que tenha piedade de um velho aprisionado para sempre em uma carcaça apodrecida. Mas mesmo assim imploro, pois ser fraco foi meu erro, não o único, mas o pior.

— Fala ainda com língua de mel, mas seu coração é podre. Você merece saber e ver o que causou trazendo até nós aquela maldição. O Caldeirão de Aqueronte alimentou apenas a guerra.

— Aqueronte não desejava isso, apesar de tudo. Fui seu sacerdote por tempo o suficiente para saber que mesmo os mais vis dos espíritos que regem o outro lado da vida tem sempre os melhores motivos para fazer o que fazem. Ele acreditou que Emaúl seria sensato em manter o poder do Caldeirão apenas para ele.

— Mas você também bebeu do líquido sacro. Também é incapaz de morrer.

— Esta é apenas meia verdade, criança. Contempla o que restou de meu rosto. Não se perguntou ainda nem uma vez sequer como envelheci e apodreci nestes poucos anos em que estive afastado da capital?

— Estive ocupada demais fugindo dos soldados para prestar atenção nisto. Há alguma relação?

Krish sorriu com suas gengivas escuras e gargalhou antes de continuar a falar — Sim, pois tudo neste mundo está ligado. O Caldeirão realmente nos confere a imortalidade, mas não a juventude eterna. Se não beber dele de tempos em tempos, envelhecemos eternamente, tornando-se apenas uma ruína decrépita, um resto de ser humano.

— Isso significa que sem o Caldeirão, Emaúl morreria?

— Sem dúvida. Chegaria o tempo em que seu corpo estaria de tal forma deteriorado e sem forças que seria preferível escolher a morte a permanecer neste mundo.

À luz daquela revelação, Jellian não teve como evitar a esperança em um novo futuro. Se alguém, algum dia, pudesse destruir o Caldeirão de Aqueronte, a loucura teria um fim. Mesmo que mil anos se passassem, um dia a humanidade poderia reconstruir-se. Emaúl pagaria pela morte de sua filha. Em resposta a seus pensamentos, Krish voltou a gargalhar com sua voz arranhada.

— Sei o que passa em sua mente, e é a mesma esperança que eu venho alimentando secretamente desde o dia em que abandonei este reino. E creia, não serão necessários mil anos para valer-se da justiça. Pois está em suas mãos a força para fazer toda a diferença, hoje, agora mesmo.

Jellian observou-o incrédula, então voltou seus olhos para o diminuto corpo que tinha consigo. Sua filha, inocente e pura, natimorta pela violência de um bando corrupto e desapegado, que banqueteava-se sobre a miséria e a escravidão do povo. A ira vincou-lhe a face.

— O que quer dizer com isso, Krish? — perguntou ela — O que minha filha poderá fazer por este mundo, se nem o direito de conhecê-lo ela possuiu?

— Ela está morta, é verdade, mas você pode devolver-lhe a vida. Este é um segredo que jamais revelei nem mesmo a Emaúl, que me foi confidenciado pelo próprio Aqueronte em meus sonhos. Se derramar um gole, e apenas um gole, na boca de um cadáver, este será reanimado, curado de suas enfermidades e receberá novas forças.

— Diga que não mente para mim, e que faz pouco de minha dor — implorou Jellian — Jure pelo nome de sua vida infindável, e pelo poder do próprio Aqueronte que o que me diz é verdade? Há ainda uma forma de salvar a vida de minha criança?

— Não apenas existe uma forma como você é a única capaz de suportar o fardo, pequena. Eu avisei a Emaúl que um dia as rainhas de outrora regressariam e tomariam o que é seu de direito. E esta é você, Jellian. A Rainha das Rainhas, assim como Emaúl foi o Rei dentre os Reis.

— Confunde-me desta forma — falou Jellian sincera — Sou camponesa, trabalho o campo. Não há sangue nobre em minhas veias.

— Engana-se. Eu reconheço a antiga linhagem de sangue das amazonas quando sou colocado frente a frente com uma. E a prova maior está em seus braços. Você tem a coragem inata em suas veias. Por isso sobreviveu enquanto qualquer outra haveria apenas desistido. Mesmo surrada, humilhada e ferida, teve coragem para fazer o próprio parto e lutar pela vida de sua filha.

Jellian baixou a cabeça em silêncio, estudando as feições da menina em suas mãos. Mesmo morta, parecia apenas dormir. Limpa de todo o mal, os olhos fechados no sono eterno. A mãe ergueu o olhar e encarou Krish. Ele sabia o que se passava por sua mente agora.

— Em todos estes anos, nenhuma mulher recebeu o dom da imortalidade. Por que Emaúl lembra-se de outros tempos, de uma época em que as mulheres também reinavam e eram consideradas como iguais. Mulheres como você, que não prestavam satisfação a ninguém, que agiam contra as leis para ter o melhor para si e seus filhos. Por isso foram subjugadas e colocadas a par da sociedade, sob os ditames dos homens.

— Isto é tão injusto — disse ela.

— Não os culpe, pois isso também faz parte de sua própria natureza. A mulher foi feita para o amor e o homem para a guerra. São metades de um todo, eles se complementam. E é por isso que há Aqueronte, o espírito do homem e há também Ehnara, o espírito da mulher, ainda que ninguém mais se lembre dela.

— Minha mãe me contava sobre os anos das rainhas, onde o amor estava acima da força. Mas sempre achei que eram meras histórias para apaziguar a revolta, para acreditarmos que nem sempre tudo foi como é hoje.

— Agora que já sabe a verdade, está na hora de conhecer o caminho — falou Emaúl estendendo o braço através das grades o máximo que pôde — Venha até aqui, beba do meu sangue até sentir-se saciada.

— Não! – exclamou ela surpresa — Não posso fazer tal coisa. Não tenho o direito de beber da tua vida para salvar a minha.

— Ao contrário — respondeu Krish sem titubear nem um instante sequer — Minha vida já chegou ao fim, apenas meu corpo não é capaz de morrer. Você não estará me matando, mas sim me libertando deste peso que já não faço mais questão de carregar. Pretendo partir, deixar esta esfera e seguir adiante. Meu corpo está velho, mas o seu é jovem. Curada das feridas, estará pronta para lutar.

— São mil imortais, contra apenas uma. Mesmo com a vida eterna ao meu lado, não serei capaz de vencê-los. São guerreiros de muitas batalhas, venceram inúmeras disputas.

— Tenha mais fé em Ehnara e em seus propósitos, Jellian — tornou o sacerdote apresentando-lhe o pulso mais uma vez — Os soldados estão mergulhados no tédio e no cansaço. Há anos que vivem como porcos de engorda, apenas comendo e divertindo-se. Você, ao contrário, tem um objetivo. Você irá lutar pela vida da sua filha. E dali encontrará forças.

— Mas e quanto as bênçãos que receberam? — replicou ela agarrando-se a sua dúvida derradeira — Não podem ser mortos!

— O segredo mora no sangue. Os cortes se fecham e as feridas se curam pois seu sangue foi abençoado pelo Caldo. Decepe suas cabeças, arranque suas pernas, parta seus ventres ao meio expondo suas tripas. Se sangrarem o suficiente, morrerão. Flechas e lanças não bastam, você deve aleijá-los com uma boa espada.

— Se for apenas loucura sua...

— Terá que correr o risco para saber, pequena. Seja rápida, seja letal. Seja o instrumento de Ehnara e vinguemnos pelos nossos erros e ajudando a limpar a sujeira de nossos pecados.

Um longo suspiro e um breve silêncio. Gentilmente, colocou a filha no chão. Não era capaz de se pôr de pé, bem sabia, e por isso arrastou-se através da cela, galgando os poucos os metros que lhe separavam da porta. A água suja fazia suas feridas arderem, mas ela não desistiu. Quando enfim chegou até ele, tomou a mão gelada e enrugada de Krish entre as suas, e beijou-a levemente antes de cravar-lhe os dentes na carne. O velho arquejou de dor, mas manteve-se firme.

O sangue era quente e reconfortante, fluindo através do corte pela boca e garganta da mulher, lavando-a por dentro. Primeiro hesitante, depois mais rápido, até que tornou-se capaz de sugar com vontade, bebendo-o com sofreguidão. Quanto mais a fonte da vida trocava de dono, mais renovada e forte sentia-se. Dentro em pouco, viu-se de pé. Não sentia mais dor, não estava mais ferida. Uma ressurreição da carne. Exultante, sorriu.

— Privaram-nos disto! Não é difícil de compreender os motivos de Emaúl agora. Ele estava obcecado por essa energia infindável que provém da imortalidade. E sequer fui agraciada pelo verdadeiro caldo.

Jellian obteve apenas o silêncio como resposta, e, com um gesto, soltou a mão do velho clérigo que escorreu entre as suas e desapareceu do outro lado da portinhola, caindo morto no chão. Só então notara o quanto fora voraz, bebendo-o até seu fim sem sequer dar-se conta disto.

Caminhou agora altiva até a filha e ajoelhou-se ao seu lado. Arrancou as roupas que vestia e com elas limpou-a da melhor forma que conseguiu, enrodilhando-a nos trapos para protegê-la. Amarrou então a trouxa de viés em seu peito, levando-a consigo. Seguiu até a porta e tocou a madeira que realmente trazia marcas de sangue em seu cerne. Fechou o rosto de fúria, e empurrou. A tábua desprendeu-se dos caixilhos e caiu, ao lado do corpo de Krish.

— Não é apenas a força da juventude que fará a diferença — disse a si mesma arrebentando os elos das correntes que a prendiam, livrando-se simbolicamente tanto da prisão quanto de tudo o que já fora um dia — Ao tomar sua vida, tornei-me mais forte. Será pelo fato de ser mulher? Apenas o luto faria tanta diferença assim?

Apenas o silêncio respondia suas perguntas, um silêncio quebrado pelo som dos passos dos soldados alarmados pelo barulho. Dentro de pouco tempo, cinco ou seis homens armados colocaram-se em torno de Jellian que, nua, escarnecia deles.

— Meu corpo ferido e judiado não lhes despertou a cobiça. Mas agora que estou plena temem atacar-me, mesmo que estejam em maior número. Contemplem então a minha nudez e levem esta lembrança consigo para o túmulo. Não irei parar de lutar até que a cabeça de Emaúl esteja sob meus pés.

Um dos guardas ergueu a espada e desajeitado projetou um golpe contra ela, mas foi lento demais. Numa fração de segundo, o corpo esguio desviou-se da lâmina e as mãos fortes envolveram-lhe o crânio e torceram-lhe o pescoço. O corpo inerte chegou ao chão já sem vida. Ao ver tombar o primeiro, outros três atacaram ao mesmo tempo, e tiveram o mesmo fim. Jellian armou-se com a espada e decapitou-os com um corte limpo e preciso. O último guarda, tomado de pânico, fugiu amedrontado, mas nem chegou às escadarias vivo.

Curvando-se sobre este último, tomou-lhe a túnica e vestiu-se com ela. Sentiu o cheiro de seu sangue, mas este não pareceu-lhe apetitoso. Era um mortal, um homem comum. Não estava mais à sua altura. Com um olhar de repúdio, desceu as escadas. Em suas celas, os homens choravam e as mulheres davam graças ante a visão da guerreira renovada. Novos guardas surgiram e foram vencidos um a um. Ela era tudo o que Krish lhe prometera que seria. Não, ela era mais.

Avançou sob a chuva através da praça, matando qualquer coisa que se punha entre ela e seu objetivo, até chegar ao ponto exato onde o sacerdote avisou o rei sobre o inevitável dia do retorno. Do seu retorno. Além das muralhas do Castelo Azul, mil guerreiros imortais aguardavam-na, e entre eles estaria Emaúl e o caldeirão que traria de volta a sua filha perdida. Sorriu de satisfação, duas espadas prontas ao lado de seu corpo. Com a voz tranqüila e o coração liberto de qualquer temor, proferiu:

— Emaúl, vim em nome de Ehnara, a deusa a quem você sepultou sob o peso de suas leis profanas, para vingar os inocentes que sofreram por sua cobiça. Não irei entrar em seu palácio como uma intrusa, na calada da noite. Ao contrário, anuncio sua derrocada e exijo que venham a mim seus guerreiros. Irei conduzi-los um a um ao seu derradeiro fim.

Como era de se esperar, a primeira reação foi a de mais completa incredulidade, seguida por uma gargalhada sarcástica que aflorou através dos portões de madeira. Estes, ao se abrirem, revelaram meia dúzia de guerreiros que imediatamente Jellian reconheceu como sendo de uma linhagem de homens que beberam do Caldeirão. Sua postura, sua forma de mover-se, tudo indicava um poder maior.

Ela, porém, não aparentava ser sequer um desafio. Praticamente nua, vestindo apenas uma capa e os restos e sangüentados de suas roupas, portando duas espadas furtadas de alguma vítima anterior. Contrastava enormemente com os guerreiros em armaduras com bordados em ouro, cobertos de veludo e jóias, trazendo elmos cobrindo-lhes os rostos. As espadas eram únicas, feitas sob medida pelos mais competentes ferreiros de todo o Império. Suas palavras chegavam cobertas de sarcasmo:

— Então será você que irá nos mostrar o fim? Uma mulher que tomada pela loucura resolve cometer o mais cômico suicídio que se tem notícia em toda a história?

— Vocês não são dignos sequer de minha pena — respondeu Jellian com um meio sorriso — Agradeçam, porém, por minha piedade. Suas mortes serão rápidas e, a dor, breve.

De um único salto, num movimento que durou um instante, ela venceu a distância que a separava dos oponentes, levando a espada através da face do primeiro inimigo. Mal tocou o solo, virou girando sobre os calcanhares e decapitou o segundo e o terceiro oponente. Pôs-se de pé, e com a lâmina da mão esquerda aparou o primeiro golpe que foi desferido contra ela.

— Lento demais — tornou — Realmente os anos foram cruéis para com vocês.

Outros poucos segundos transcorreram antes do fim

do primeiro embate. Os homens que não podiam morrer agora jaziam aos pedaços. De sua carne escorria aos poucos o sangue abençoado por Aqueronte. Jellian recolheu um deles e cravou seus dentes em sua jugular, bebendo do líquido rubro. Seus olhos se fecharam de prazer. Cada vez que bebia do sangue de seus inimigos, mais forte e mais plena sentia-se. E efetivamente, tornava-se mais letal.

A batalha entre ela e os guerreiros do Castelo Azul perdurou por todo aquele dia, e a cada pequena vitória, Jellian encontrava-se mais próxima de Emaúl, do Caldeirão e da plenitude. Seu poder agora era incomensurável, e ela própria parecia irreconhecível. A mulher frágil que quase falecera ao dar a luz movia-se com a graça de um lince e com a força de dez homens. As espadas agiam como uma extensão de seu próprio corpo. Nunca violentas em demasia, nunca se poupando da força necessária para dilacerar seu oponente. E os corpos tombavam. E ela avançava rumo ao combate final. Enfim, após o último dos lacaios cair, encontrou-se com Emaúl.

— Rei dos Reis — disse, com tom desafiador e sedede sangue — Vim exigir sua cabeça como pagamento pela morte de minha filha, em meu nome e em nome de Ehnara.

— Não é necessário mentir para mim, Guerreira de Aqueronte — respondeu Emaúl aproximando-se. Era um homem magnífico, Jellian admitia em segredo. Seu rosto quadrado de feições duras, a barba curta e bem aparada, assim como os cabelos morenos e cheios. Tinha olhos que intimidavame apaixonavam, sendo difícil separar as emoções diante de seu carisma. A voz tonitruante ressoou mais uma vez — Reconheço a assinatura do deus dos espíritos malignos em seus atos. Como adquiriu tamanho poder? E a força para matar quem não podia ser morto?

— Crê que eu sou maligna? — irritou-se ela — Logo você, que exigiu a morte de inocentes apenas para satisfazer sua sede de juventude? Ouvi estas palavras do homem que matou crianças como minha filha apenas por medo de morrer?

— É muito fácil julgar-me agora, em que o mal já está feito, mas não havia outra linha de ação a qual pudesse me agarrar. Tudo isto, toda a loucura que agora está instaurada no coração do meu povo começou por obra de Aqueronte através de Krish. Mas ainda há tempo. Renegue esta loucura e coloque-se ao meu lado como a Rainha das Rainhas. Não precisa haver mais mortes.

— É tarde para pedir por sua vida, Emaúl — sentenciou Jellian preparando a espada — Tarde demais para você e também para mim.

A batalha que teve lugar daquele momento em diante foi a mais magnífica e terrível que se tem notícia. Jellian trazia em seu sangue a força dos imortais aos quais bebera, porém Emaúl era o portador por direito do Caldeirão de Krish. Era forte como nenhum outro poderia ser, e a cada estocada, a cada encontro das lâminas, uma onda de choque explodia em sua volta. O fragor da batalha ressoava através dos corredores do palácio e se unia ao som dos trovões que ressoavam à porta. Aos mortais restava ajoelharem-se com a cabeça entre as mãos, orando em silêncio em meio ao pranto. Até que com uma finta, Jellian conseguiu girar a lâmina e num corte único e limpo, decepar o braço direito de Emaúl, desarmando-o. O membro caiu no chão junto com sua arma, e ali sangrou ressecando até desaparecer em uma massa murcha e frágil de velho. O rei suspirou aceitando seu destino, e curvou-se perante a guerreira. Olhando-a nos olhos, contudo, proferiu:

— Não creia que acaba assim — sentenciou arquejando, a mão esquerda apertando o que restara do outro braço procurando estancar o rio de sangue que se esvaía dele — Aqueronte sempre cobra por suas dívidas, e nós é que somos prejudicados por seus planos. *Sempre.*

— Luto por Ehnara — respondeu com um dar de ombros — Não por um deus das trevas que espalha a loucura.

— É nisso que deseja acreditar, mas foi enganada — foi a resposta de Emaúl — Aqueronte, Ehnara, não importa o nome que se dê aos deuses, são todos iguais, e quem irá ganhar com isso é apenas a Sacra Doutrina. Com minha morte chega ao fim à linhagem dos Reis. Daqui em diante, a religião irá governar o mundo conhecido. Morro e pago por meus crimes, mas você sofrerá por muito tempo por suas escolhas.

— Não tenha compaixão de seu carrasco — respondeu ela — Não preciso dela.

E dito isto, cortou a cabeça do rei que caiu aos seus pés. Ajoelhou-se sobre o seu corpo e bebeu de seu sangue até a última gota. Era o último dos Imortais, e agora jazia sobre a terra, como todos os outros. E a encarnação da fúria observava-o, banhada em sangue, tal qual uma aparição carmesim. Ergueu-se satisfeita e aproximou-se do espólio de sua luta. O Caldeirão encontrava-se sobre um altar iluminado por velas e coberto por oferendas. Havia cheiro de incenso no ar.

Colocou a trouxa que continha sua filha sobre a pedra fria e desembrulhou-a com cuidado, ajeitando o corpo frágil da melhor maneira possível. Após tanta luta, seus olhos agora estavam abertos, ainda que vazios. Gelada, um pequenino pedaço de carne sem vida. Jellian sorriu, aproximando-se do Caldeirão e enchendo as mãos com seu líquido:

— Agora falta pouco, minha filha — disse com as lágrimas de emoção em seus olhos – Só mais um pouco.

E entornou o caldo na boca pequenina. Aguardou por alguns instantes, esperando por um suspiro, por um choro, por qualquer coisa, e então sentiu o desespero subir-lhe pelo estômago. Pegou um pouco mais do líquido escuro e repetiu o gesto, sem resultados. Quase em pânico, recolheu o corpo diminuto e colocou-o inteiro dentro do caldeirão, banhando-a, lavando-a com o Caldo, cada vez mais rápido, até enfim ter a certeza desesperadora que de fora mesmo enganada.

Com a filha nos braços, chutou o altar e o caldeirão que rolaram pelo chão espalhando todo o seu conteúdo, que enfim não tornou a completar-se. Ao olhar para líquido nauseabundo que espalhava-se pelo chão, tudo o que Jellian viu foram os olhos reprovadores das almas aprisionadas por Aqueronte, almas aquelas que ela própria havia ceifado em seu nome, ainda que sem saber. Pensou em acabar com a própria vida, e descobriu não ser capaz. Precisava de alguém que pudesse. Alguém disposto a por um fim em seu sofrimento em definitivo.

Mas agora tinha sede, e precisava de sangue.

Todo o resto poderia esperar.

Aldeia dos Sopros

RAPHAEL DRACCON

Antigamente existia uma aldeia, e os homens — bem como as mulheres — a chamavam de Aldeia dos Sopros. Diziam que nessa aldeia, nos dias de paz, a brisa que soprava era quente; e bendito era o homem que podia dela desfrutar em uma rede de descanso trançada. Diziam também que nos dias de morte, a brisa que soprava era fria; assim como a sensação que subia pela espinha dos homens que esbarravam nas ruas de terra e poeira com o anjo desse fardo.

Por isso aquela aldeia era a Aldeia dos Sopros.

Assim sempre foi e assim sempre será.

✦

Na Aldeia dos Sopros existia um lago. Era chamado de Lago das Fadas, e ninguém sabia quem lhe dera esse nome. Nele existiam peixes, e antes que turcos descobrissem na pele o aço cristão, era desses peixes que os homens se sustentavam. Nos arredores existiam casas de madeira sem divisórias, com telhados de palha e chão batido, que hoje se mostravam uma fileira de construções fantasmas. Um dia aquela poderia ter se tornado o início de uma comunidade judaica. A maioria de seus donos, contudo, a haviam abandonado quando a guerra veio e os cavaleiros mataram, porque estavam sendo mortos, e estupraram as mulheres, ainda que sem motivo.

Melhor sorte tiveram os que partiram. Infelizes foram os que deixaram apenas os espíritos perturbados. Não importava se estrelas dançavam com a lua ou se nuvens desenhavam formas no céu; o silêncio sempre permanecia.

Nem sempre fora assim, é verdade. Mas na época dessa história, assim já o era.

Outras coisas diziam sobre o lago, mas a maioria era lendas e mitos que nem mesmo os aldeãos levavam muito a sério. Diziam que uma dama dormia sob as águas do lago e que com ela se protegia um tesouro que faria homens matarem homens; e muito mais do que outros homens.

Antigamente, era comum relatos de pescadores que juravam sob a lápide de entes queridos terem visto a Dama do Lago. Muitos afirmavam, com a convicção de um cristão diante de um jesuíta com uma cruz de prata, que trocaram palavras e foram convidados por ela até mesmo a conhecerem seu cobiçado tesouro submerso.

A descrença maior, porém, vinha do fato da maioria dessas histórias terminar com um pescador acordando em uma rede trançada, despertado pelo toque de uma brisa quente.

Padres católicos costumavam dizer, como sempre, que tais visões vinham de alguns dos nove círculos do Inferno. Costumavam bradar que a visão da guardiã era a mesma tentação que tentou Eva, e que o tesouro por ela guardado representava a maçã que expulsava do Paraíso.

Os mais temerosos aos deuses impacientes acreditavam que a musa tinha rabo de peixe abaixo do dorso nu, e atraía os homens para seus domínios simplesmente para estrangulá- los e se alimentar da carne. Outros, que ela afogava para beber-lhes o sangue.

Ninguém, porém, gostava de questionar o que lhes era dito pelos cristãos, afinal, era o padre da grande cruz quem perdoava os pecados de cada aldeão. Ou intermediava esse perdão.

Quando em vez de perdão pelas ofensas, entretanto, os aldeãos necessitavam de uma luz que lhes indicasse o melhor caminho a seguir, aí então a cruz e o confessionário já não eram os mais procurados, porque não eram os mais eficientes. Se o que a alma de um homem simples buscava era a resposta das dúvidas mais simplistas (ou a ratificação delas...), então aquele a quem procuravam não era o deus mais branco. Muito pelo contrário.

Elas buscavam o deus mais antigo.

Eles buscavam o Ahsuerus.

Um velho de um olho só; mas que a tudo via. O senhor de bengala e corcunda, mas que sabia por onde andar. O judeu antigo; que viu a terra ser tomada por turcos seljúcidas, mas que tinha alma livre como a de todo homem de fé.

A fé pelo deus que ele conhecia. Pelo deus que ele negara. E pelo deus que ele sonhava conhecer.

Aqueles que um dia contaram essa história disseram, assim como eu direi a você, que Ahsuerus caminhava com o anjo da morte nos ombros e por isso suas costas eram corcundas.

Outros diziam que era o anjo dos sonhos.

Um terceiro grupo dizia se tratar do mesmo anjo.

Não importava, em qualquer um dos casos, para se conhecê-lo bastava-se uma única exigência: *uma vida*.

E independente do que diziam, contam também que fora ele o primeiro a perceber o vento frio que soprou no Lago das Fadas, no sétimo dia dessa história na Aldeia dos Sopros.

Infelizmente, o velho judeu era um velho sábio.

E quando um sábio fala, meu amigo, as pessoas escutam. Mas esquecem.

Ao redor do lago morava um homem. Até hoje ninguém se lembra do nome dele; e acredite, esse nome não vai lhe importar. Para nossa história, basta chamarmos-no de o Pescador.

Era o que ele era.

E até hoje, se ainda existisse, era o que ele seria.

O Pescador nem sempre viveu de pesca, é verdade. Em outras épocas que ele gostaria de esquecer serviu a uma bandeira com a cruz vermelha de sangue. Desbravou terras hostis com o pé descalço, a coluna ereta e o coração sem guarda. Destruiu comunidades. Queimou búlgaros vivos. Cortou na faca a cabeça de muçulmanos e com a mesma lâmina cortou a cabeça de judeus; muitas vezes sem nem mesmo limpar o sangue diferente.

A aldeia silenciosa não sabia ao certo o que o fez desistir da vida de errante, mas o que importa é que ele assim decidiu, e o fez. Naqueles tempos, carregava consigo apenas um único tesouro: um colar de conchas herdadas da amante estuprada e morta, reconhecida na volta de um dia de guerra.

O dia em que morreu o cavaleiro, e nasceu o Pescador.

No primeiro dia de um desses dias que parecem iguais, enquanto o sol se deitava, o Pescador mantinha-se em seu passatempo e observava o próprio reflexo num momento em que a brisa estava quieta. Ele percebeu a barba crescida demais. Então gelou na própria espinha quando não se reconheceu. O rosto refletido na água pura era, de repente, o de uma mulher.

Naquele dia, ele não dormiu. Enrolava-se na rede trançada e tentava entender o que lhe havia acontecido.

A mulher que ele vira não se parecia com mulher alguma que ele já tivesse tocado. Os cabelos não se esvoaçavam ante o nado na água doce; e a visão dele parecia tê-la assustado tanto quanto o oposto.

Nos outros dois dias, ele nada pescou. Dedicou seu tempo a tentar enxergá-la. Nadou no lago gelado. Mergulhou em busca do fundo, procurando por tesouros inimagináveis para a mente de um solitário.

Ele podia jurar que durante a espera escutou um cantar, mas todo lago canta quando a brisa resolve quebrar o silêncio. E suspira.

Foi então que ele se deu conta das limitações da própria mente e desistiu da idéia absurda. Na noite daquele dia, ele sonhou com a Dama do Lago.

Em um dos outros dias ele pescou alguma coisa; e descobriu se tratar de uma faca cuja prata era a mais brilhante que já vira, e nem de longe parecia ter vindo do fundo de qualquer lugar. Já era o terceiro dia sem pescar um peixe. E o mais interessante era que o Pescador não parecia se importar.

— Quem é a mulher que invade meus sonhos, velho? — ele perguntou ao Ahsuerus.

— A mesma que alimenta você.

— Como ela me alimenta se nunca a vi?

— Não é do lago dela que você tira o sustento?

— Como sei que não se trata da alucinação de um solitário perturbado?

— Recusando-se a acreditar nisso...

Naquela noite, ele sonhou que estava sentado dentro do próprio casebre.

Estava com os joelhos dobrados, encostado na parede de madeira. À frente, ele via o próprio corpo dormindo e não achava aquilo estranho. Um fio de prata o ligava ao corpo adormecido, mas nem isso lhe pareceu anormal. A única coisa que se preocupava era com o canto que tomava aquelas paredes e reverberavam sentimentos que ele achava que havia esquecido na vida de guerreiro errante.

Uma música que vinha *soprada* do mar e cuja partitura era tocada pela brisa. A brisa do sopro do silêncio. E do som.

— Velho, como se ama uma alucinação?

— Se entregando a ela.

— Como saberei se não estou sucumbindo em vez de me entregando em consciência?

— Você não saberá...

— Como separar o que é real do que é imaginário na mente de um homem só?

— Acaso você saberia dizer a diferença?

— Não me confunda mais, corcunda! Como se ama quando o amor mata?

— Renascendo...

— Eu já fui assassino de judeus como você, Ahsuerus.

E eles não amam.

— Assassinos não merecem amar.

— Como alguém que flertou com a morte pode merecer o amor?

— Renascendo em vida; e apenas nela. Em nenhum lugar a mais. E em nenhum lugar além.

— De que serve uma faca cuja lâmina não enferruja?

— Serve para cortar o mesmo fio prateado que liga você à vida. Ou ao sonho.

— Acha que a dama que canta pra mim é na verdade meu julgador?

— Depende da *intenção*. Você quer ela ou o tesouro dela?

— Como posso saber, se nem mesmo compreendo a pergunta?

— A dama que protege o lago é a mesma que protege o tesouro. E aqueles que entram em seus Domínios dão a ela seus *fios de prata*.

O pescador ficou quieto, tentando buscar no silêncio a resposta que o barulho não trazia.

— Acaso sou eu um homem que anseia o Paraíso ou que tem medo do Inferno? – ele tomou coragem em perguntar.

— Acaso você saberia dizer a diferença?

No dia seguinte, ele mantinha-se sentado mais uma vez no casebre, observando o próprio corpo adormecido ligado a ele pelo *fio*.

Ainda escutava o cantar efêmero, mas algo diferente lhe corria pelo peito quando tocado pela partitura dos ventos. Algo que corria e se expandia como eletricidade; e trazia com ele não apenas um entendimento, como também uma permissão. Foi quando ele notou, durante o sonho, que o canto não era um canto. Não *apenas* um canto.

Era um *chamado*.

Ele saiu do casebre com os mesmos pés descalços, a coluna ereta e o coração sem guarda que caminhava nos campos de guerra com armas nas mãos, ao longo da brisa fria. Dessa vez, a brisa que o tocava era quente, e tudo o que existia no mundo; parecia existir na mesma intensidade ali.

O chamado continuava.

Ela caminhou até ele, saindo molhada de um lago escuro que refletia a luz de estrelas, e não deixava pegadas quando caminhava na terra. Ele a esperou e por mais que digam que não seja possível sentir cheiros em sonhos, ele sentiu o aroma da água doce.

Aqueles que entram em seus Domínios dão a ela seus fios de prata.

Eles se beijaram como velhos amantes. E então, ela sussurrou uma palavra em seu ouvido. E ele acordou.

— Ontem, ela sussurrou seu nome.

— Eu sei. Ela quer que o anjo que carrego ajude você.

— Ajude a quê?

— A levar você até ela....

— Por que *simplesmente* não sigo o canto?

— Porque vai se afogar se fizer.

— Você vai me ajudar?

— Em troca de um preço.

— O que pede em troca, Ahsuerus?

— Uma *resposta*.

— O que um sábio como você não saberia responder?

— Ela é uma *guardiã*, pescador. Uma dama que dorme sob as águas do lago, e que protege um tesouro que faria homens matarem homens; e muito mais do que outros homens. Pergunte então a ela qual é a *chave*. Pergunte o que, afinal, é necessário à alma de um homem para se obter o grande tesouro.

— E se ela não responder?

— Aí será para sempre apenas uma alucinação vivendo em você.

No outro dia, quando ainda desperto e tocado pela luz do sol, ele caminhou até a ponta do dique e ergueu sob o lago seu único tesouro. O colar de conchas refletiu nas águas límpidas e mesmo a brisa duvidou que ele fosse capaz de soltá-lo.

Acaso sou eu um homem que anseia o Paraíso ou que tem medo do Inferno?

E sem um único remorso ele o fez. O aderecço sagrado, ou para ele sagrado, foi solto e ele ficou o observando afundar.

Você quer *ela* ou o *tesouro dela*?

À noite, ele caminhou até o lado de fora preso pela teia etérea. A musa, entretanto, não apareceu, mas também não deixou de cantar.

E mais uma vez, o canto que escutava era diferente.

Afinal, naquela noite ela não veio; mas a música soprou uma *resposta*. Ele contou ao Ahsuerus a resposta e o velho judeu riu, como se já a soubesse.

Na virada do sexto para o sétimo dia, o Ahsuerus ficou ao lado do pescador no leito que precede o sonho; ou a morte, e apenas quem via além do efêmero veria tudo o que aconteceu ali.

O pescador se viu ligado ao próprio corpo adormecido através do fio, encostado na parede de madeira.

À frente dele, uma visão que lhe contorceu: o velho corcunda de repente se erguia como homem ereto, e das costas descia um anjo que mais lembrava um duende sem face. Nas mãos, a faca construída com a mesma lâmina que nunca enferrujava e que cortava fios de prata.

Como alguém que flertou com a morte pode merecer o amor?

Mais uma vez, houve o *chamado*. O pescador caminhou, deixando para trás sua parte desperta, sem nenhum arrependimento e sem jamais olhar para trás.

Dessa vez, ela o esperava em seu lago e tinha sob o pescoço um colar de conchas que reluzia a luz da lua.

Os corpos espirituais se encontraram e lábios se tocaram como se tocam em todas as histórias de amor. No exato momento divino em que o anjo sem face partiu o fio de prata.

Pois o anjo que servia à morte, também era o mesmo que servia ao sonho.

Renascendo em vida; e apenas nela. Em nenhum lugar a mais.

O antigo Ahsuerus já havia explicado isso anteriormente.

E em nenhum lugar além

Mas o velho judeu era um velho sábio. E quando um sábio fala, meu amigo, as pessoas escutam. Mas esquecem.

A brisa fria soprou tão forte naquela noite, que todos os aldeões sentiram. E entenderam. Era aquele o término da história da Dama do Lago que se apaixonara por um pescador. E apenas um pescador.

Era o que ele era e até hoje, se ainda existisse, era o que ele continuaria sendo.

O corpo falecido com o fio partido foi cremado, e as cinzas produzidas jogadas no lago. O pó purificado se misturou à água pura e a brisa respeitou o silêncio daquele momento.

Ao fundo, um velho novamente corcunda ainda relembrava sua exigência e também de seu pagamento envolvendo... [*um tesouro que faria homens matarem homens; e muito mais do que outros homens.*]... Uma resposta.

Uma inestimável resposta que ratificava dentro de si não apenas dúvidas mais simplistas, como também sua mais verdadeira fé.

A fé pelo deus que ele conhecia. A fé pelo deus que ele havia negado.

E a fé pelo deus que ele sonhava conhecer.

O que, afinal, é necessário à alma de um homem para se obter o grande tesouro.

O sonho, é claro. Ou a morte.

Você saberia dizer a diferença?

✦

O sonho. E a morte.

Para um contador de histórias eram esses os grandes tesouros. Assim sempre o foi. E assim sempre será naquelas grandes histórias. Aquelas histórias de amor que os bardos não contam mais.

Agiota

HELENA GOMES

O rei atravessou o pântano a pé, vencendo cada obstáculo com imensa dificuldade. Seu cavalo, o melhor do reino, ficara para trás, exausto demais para continuar vivo. A lama agia para aprisionar as pernas do rei com um único objetivo: impedi-lo de alcançar a salvação para a criança que carregava em seus braços.

O príncipe, seu único herdeiro, mal chegara aos dois anos. Não resistira após dias e dias vítima de uma febre alta e fatal. As lágrimas não abandonavam o rosto do pai desde que a criança falecera. Ele não conseguia se esquecer das mesmas imagens, os olhos infantis que imploravam por uma segunda chance para viver, as mãozinhas frágeis que imploravam sua ajuda contra a escuridão trazida pela morte. Apesar da dor angustiante, as lembranças apenas fortaleciam a vontade do rei. Iria em frente, venceria a jornada pelo pântano maldito e, então, encontraria o temido agiota.

Era sua única esperança.

Ele apertou com carinho o pequeno cadáver contra o peito. Sentiu a rigidez da morte, a afirmação definitiva de que aquele corpo gelado e sem vida estava condenado a apodrecer sob a terra, a ser devorado pelos vermes que encerravam mais um ciclo a serviço da natureza. *Não, a natureza estava errada!* E o rei, a certeza investindo mais peso sobre sua força de vontade, teria o poder de mudar o presente e, principalmente, conquistar um futuro para o filho.

O pântano interminável, enfim, mostrou o casebre de madeira, a morada do agiota que muitos acreditavam não existir de verdade. Diziam que ele não passava de um personagem tão irreal quanto os monstros noturnos que a imaginação popular inventava para justificar seu medo das trevas. O rei, porém, se agarrava à lenda em busca do real. Sorriu ao ver o casebre erguido no meio do lamaçal. Como vizinhança, apenas a vegetação agonizante de árvores retorcidas, sobre a lama que nenhum mortal ousava transpor. Mas o rei ousaria. O movimento de suas pernas, rumo ao casebre, deixou marcas no ambiente nocivo.

O casebre não passava de um amontoado de tábuas velhas, devoradas pelo limo. Mais um passo colocou o rei dentro do local, iluminado pelas chamas de várias velas deixadas sobre o piso de madeira gasta. O único morador daquele lugar recebeu-o com um olhar brilhante, como se já o esperasse. Era o agiota.

— Vim tratar de negócios — anunciou o rei. Seus braços, firmes, protegiam o cadáver com ternura.

O agiota não passava de um velhote corcunda e careca, de olhos amarelados. Tinha bochechas murchas e pálidas, que indicavam a pouca gordura que revestia seus ossos. Um longo manto de penas era a única peça que lhe cobria o corpo, um contraste que soava ridículo contra o luxo das vestimentas reais. Em silêncio, o agiota indicou uma bancada de madeira, à direita. O rei obedeceu, e repousou a criança sobre ela.

— Quanto queres para fazer com que meu filho viva novamente? — disse o rei. Trouxera uma fortuna no alforje que carregava no ombro. Seria muito fácil comprar os serviços de alguém que morava em um lugar tão miserável.

O velhote não respondeu. Aproximou-se como uma sombra ameaçadora da criança que parecia apenas dormir.

— Não importa o valor — argumentou o rei. — Pago o que for necessário para que meu herdeiro volte a viver!

Os olhos amarelados fitavam o outro homem.

— É meu único filho, sabes... Não haverá futuro para meu reino sem ele...

O apelo obrigou o agiota a espiar o cadáver. Sua análise não demorou mais do que segundos.

— O que tu, rei, podes me oferecer como pagamento? — disse, numa espécie de grunhido sobrenatural.

O rei sentiu um calafrio medonho. Sua coragem, no entanto, não o deixaria na mão.

— Trago ouro, prata, joias valiosas... Diga teu preço.

— O que mais poderias me oferecer como pagamento?

— O que mais? Ora, todos sabem que possuo muitas riquezas. Já te falei para me dizer teu preço!

O agiota encostou o queixo contra o peito, sem, no entanto, desviar o olhar fixo no rei. Não piscava. Tampouco respirava. O rei duvidou que aquele velhote tivesse a dádiva da vida para si, imagina para fornecer a alguém...

— Tenho uma fortuna aqui — disse ao oferecer o alforje recheado ao outro homem. – Se quiseres mais, posso ir buscar. Mas eu te peço, faça logo o teu preço! Meu filho morreu há três dias...

— Ele fede.

— ...E temo que, se demorares muito, nada mais poderá salvá-lo!

O agiota deu de ombros e se afastou. O desespero no coração de pai ganhou ainda mais dor.

— Tu precisas me ajudar! — implorou. As lágrimas atrapalhavam sua visão. — Meu filho morreu... Morreu! E eu... Ele deve viver!!!

— Pensas nele?

— Claro!

— Ou pensas em ti?

— Apenas meu filho importa!

— Não — disse o velhote, com um sorriso maldoso. — É que tu não queres mais sofrer.

O rei teve vontade de socar o focinho daquele maldito. Ele desrespeitava o soberano de um grande reino!

— Talvez prefiras um pedaço de terra como pagamento — tentou, após inspirar fundo, à procura de autocontrole. — Ou uma residência luxuosa... Com criados... Talvez... Talvez desejes uma bela mulher para aquecer teu leito.

— E para quê?

— Ora, esqueceste como é divertido ter uma mulher?

O sorriso maldoso abandonou a cara enrugada do velhote. Ele esticou as pálpebras, mirando com ódio os olhos do rei.

— Quero um trato — disse, num novo grunhido.

— Um trato?

— Teu filho terá a vida dele de volta, agora mesmo, se me prometeres que retornarás ao meu casebre daqui a vinte anos.

O rei franziu o nariz, desconfiado.

— Vinte anos?

— Sim. E então tu me entregarás este alforje carregado de ouro, prata e joias.

A vida do príncipe garantida por um pagamento que só seria feito depois de vinte anos? Era o melhor negócio que o rei realizara em toda a sua existência!

— Temos um trato! — sorriu, imensamente feliz, estendendo a mão para o velhote que não demorou a apertá-la.

O negócio estava fechado.

E o príncipe acabava de ganhar um futuro.

O príncipe respirava no instante em que o pai deixou o casebre. Tudo, no fundo, tinha um preço. E isto incluía até o poder de enganar a própria natureza.

Satisfeito, o rei viu seu herdeiro crescer, ultrapassar a adolescência com vigor e muita saúde. O príncipe se tornou um jovem musculoso, bonitão, inteligente, um guerreiro nato e perfeito para ocupar o trono tão logo chegasse sua vez. O reino também experimentou um período farto, um crescimento econômico que trouxe bem-estar ao povo.

O rei, entretanto, queria mais.

Em uma serena manhã de primavera, as terras do reino vizinho pareceram ainda mais verdes do que aquelas que lhe pertenciam. Também havia riquezas lá... E o rei ficaria ainda mais poderoso se as riquezas do vizinho também fossem dele.

Para o coração solitário do rei — que ficara viúvo logo após o nascimento do herdeiro —, a jovem rainha do reino vizinho estava no lugar errado. Era a mais sedutora entre as mulheres, ainda mais porque não pertencia a ele e sim ao marido dela, o rei vizinho. Uma rainha de longos cabelos dourados, seios fartos, cintura fina, pernas e quadris deliciosos... Seria a rainha perfeita de um reino único, que uniria a riqueza hoje dividida entre dois homens. Um deles deveria ficar de fora. E deveria ser, obviamente, o vizinho.

Não demorou a surgir um motivo para a guerra. O rei e o príncipe lideraram um exército imenso, que dominou em menos de um mês as terras vizinhas. O príncipe, como o guerreiro nato que era, decapitou com a espada o rei vizinho numa luta rápida e eficaz. Naquela mesma noite, o pai possuiu a rainha viúva após arrastá-la para o leito, consumindo sem perda de tempo o novo casamento.

A partir daquele momento, existia um único reino, uma única e gigantesca riqueza.

É, havia mesmo um preço para tudo.

A nova rainha era realmente a mais sedutora de todas. Maravilhado com a fêmea que dominara, o rei a visitava todas as noites no quarto luxuoso que lhe dera em seu castelo. Obediente, ela atendia todas as suas vontades. A melhor das aquisições.

Dias antes da data em que se completariam vinte anos do trato com o agiota, o rei se preparou para a viagem até o pântano. Pegou o alforje, verificou se a fortuna continuava guardada ali, escolheu um cavalo magnífico e partiu numa tarde ensolarada, não sem antes passar no quarto da rainha para saboreá-la mais uma vez.

No dia certo, chegou ao casebre. Encontrou o dono encostado ao batente da porta, vestido com o mesmo manto de penas e exibindo o mesmo sorriso maldoso nos lábios flácidos. Sem uma palavra, o rei lhe entregou o alforje. O velhote também não disse nada. Recebeu o pagamento e entrou no casebre. O rei suspirou, tirando um peso imenso dos ombros.

A dívida estava paga.

Com pressa, retornou para casa, já sentindo o cheiro doce da pele macia e feminina que o esperava no leito.

O leito, porém, estava ocupado. A nova companhia da rainha tinha a vitalidade da juventude, a força do guerreiro nato que não hesitou em usar a espada para atacar o pai. Também tinha direito àquela luxúria, à mulher sedutora que satisfazia a todos os desejos... Afinal, ele era o herdeiro, certo? O príncipe que iria herdar tudo do rei, um pai que já devia ter entregado o trono ao filho poderoso há muito tempo.

O rei também sempre carregava sua espada. Era a mais bonita, com o punho coberto por esmeraldas. Pertencera ao rei vizinho. Um objeto cobiçado justamente por pertencer ao vizinho. E que agora era cobiçado pelo herdeiro, que cobiçava muito mais do que a nova esposa do pai. O rei tinha riquezas, não? E terras, as mais férteis e abundantes. E o príncipe, o que tinha? Apenas a coragem de conquistar o que lhe era negado.

Como o pai lhe ensinara, para tudo havia um preço. E o príncipe estava disposto a pagar o preço.

A luta entre pai e filho durou demais. Ambos fortalecidos pela vontade de vencer, pela certeza de que o vencedor levaria tudo.

A rainha apenas assistiu à disputa, sem interferir. Tinha um bom palpite sobre o resultado daquela luta que derramou muito sangue. Ao final, a espada de esmeraldas perfurou o coração do príncipe, que tombou morto aos pés do rei.

— É justo... — murmurou ele, a fúria ainda dominando suas ações. — Eu lhe dei vida duas vezes. Também tenho o direito de tirá-la.

— É errado um pai matar o próprio filho — defendeu a rainha. — É contra as leis da natureza.

— Cale-se, mulher tola! Tudo, absolutamente tudo, inclusive a própria natureza, tem seu preço!

A rainha não disse mais nada. Somente esperou que os ferimentos provocados pelo filho no corpo do pai mostrassem quanto uma vida pode ser frágil. Uma das consequências foi a gangrena, o que obrigou o rei a ter uma das pernas amputadas. A infecção continuou a se manifestar nos outros cortes. E o rei foi minguando, ardendo em febre, dia após dia no leito que passou a lhe servir de prisão.

Numa noite, como a rainha esperava, ele ordenou que o levassem até o lendário e temido agiota.

Pretendia, mais uma vez, enganar a natureza.

Os soldados tiveram medo de ir até o pântano. O lugar aterrorizante não intimidou a rainha. Foi ela quem enfrentou o lamaçal fétido, puxando a carroça que levava o rei.

E não se opôs em pegar no colo um homem agora muito leve, um punhado de pele e ossos, e depositá-lo sobre a bancada de madeira do casebre do agiota. Este a recebeu com indiferença. Avaliou o rei que, num esforço monumental, deu o primeiro passo para a negociação.

— Quanto... Quanto queres... Para me devolver... A saúde?

Desta vez, o velho não titubeou.

— Quero tua rainha!

— Fica... Fica com ela...

— E ainda te darei a vida eterna. Concordas?

Saúde e vida eterna para serem somadas a tanta riqueza acumulada?! Uau! Aquele, definitivamente, seria mesmo o melhor negócio que o rei realizara em toda a sua existência!

— Temos um trato? — insistiu o agiota.

— Sim... Um trato.

Como um bálsamo refrescante, o rei sentiu a saúde percorrer cada célula de seu organismo. Os ossos estalaram, os vasos sanguíneos se dilataram para receber a energia que voltava a correr por eles. Fechou os olhos, deliciado com a sensação de poder.

Quando ergueu as pálpebras, a primeira coisa que viu foi a rainha, que aproveitou para cuspir em seu rosto.

— Maldito sejas por toda a eternidade! — rogou, antes de se afastar.

O rei tirou o cuspe com a mão. Pretendia rir daquela vingança débil... Foi quando reparou na própria mão. Na verdade, aquela mão cheia de dedos tortos não lhe pertencia! Era uma mão velha, manchada... Era a mão do agiota!

Sem entender nada, o rei girou o rosto para um espelho. Apavorado, viu outro reflexo no lugar do seu.

— Estás aprisionado no corpo do agiota — disse a rainha. — A partir de agora, tu serás o agiota!

O rei a encarou, trêmulo.

— O agiota carrega uma maldição — explicou ela. — Está proibido de deixar as quatro paredes deste casebre até que alguém o substitua.

— Mas...

— Não entendeste ainda? Ele tem o poder de realizar os desejos dos outros, mas é incapaz de realizar os próprios desejos. Como ter riquezas, liberdade...

— E uma bela mulher para aquecer meu leito — disse uma voz masculina.

Só então o rei enxergou um rapaz alto e loiro que, num movimento charmoso, abraçou a rainha por trás.

— Eu era o agiota antes de você — explicou o rapaz. — Agora, enfim, estou livre!

O rei abriu a boca, mas nenhum som lhe saiu da garganta. Simplesmente não podia acreditar...

Nada à vontade, a rainha se soltou do rapaz e, decidida, deu vários passos ao redor do rei.

— Não foste o único a visitar o agiota — disse ela. — Eu também fiz um trato com ele.

O rei cambaleou para trás.

— Há mais de três anos, aquele teu vizinho irresponsável me capturou e me escravizou – prosseguiu ela. – O agiota concordou em devolver minha liberdade desde que eu trouxesse para ele alguém disposto a substituí-lo. Ou seja, alguém imbecil o suficiente para pedir a eternidade sem conhecer com exatidão o que esta eternidade significa.

A rainha parou diante do novo agiota que, em seu novo corpo, se tornara mais baixo.

— O agiota conquistou a liberdade dele — continuou. — E eu vou conquistar a minha!

O rei abaixou a cabeça, aturdido. O rapaz, que não despregava os olhos da rainha, molhou os lábios com a língua.

— Não exatamente — corrigiu. — Tu agora me pertences. Ou esqueceste que o rei te deu para mim?

Ela se virou em sua direção, terrivelmente pálida.

— Mas... Mas tu prometeste...

— Não ficaste livre do homem que te capturou e te escravizou? Ou não lembras mais que ele foi morto pelo príncipe? A minha parte do trato foi cumprida.

— Mas na mesma noite fui escravizada por este outro rei!

— Isto não é problema meu. Se querias ser libertada novamente, deverias ter vindo aqui para fazermos um novo trato.

— Maldito!

— Como escrava, tu me foste dada como pagamento. E trato é trato.

O rapaz, mais forte do que ela, agarrou-a pelos pulsos. O alforje já estava pendurado em seu ombro direito.

— Adeus, novo agiota! — despediu-se, com seu inevitável sorriso maldoso, enquanto arrastava a escrava para fora do casebre.

Numa resistência ensandecida, ela se agarrou à batente da porta aberta.

— Rei, me liberta! — implorou. — Por favor, me ajuda...

O novo agiota hesitou. Não havia tratos sem pagamentos. Era assim que devia ser. Como mandava a maldição que definia as ações do agiota, a criatura sem nome que surgira no princípio dos tempos e seguiria até o último dos dias.

— Um trato! — disse o rei, ansioso por se vingar. — Tu deves me propor um trato!

— Aceita a morte da tua criança... — disse a rainha. — Assim o agiota não terá mais poder sobre ti!

Não, ele não poderia aceitar aquilo. Jamais poderia aceitar a morte. Sofrera tanto com a perda da primeira rainha... Sofrera ainda mais com a morte de seu menininho... Um príncipe que se tornara tão ganancioso quanto o próprio rei se tornara.

A rainha, finalmente, foi arrastada para fora do casebre. O rapaz iria estuprá-la na primeira oportunidade, da mesma forma cruel que o rei também agira com ela após matar o vizinho. A violência tão gratuita e desnecessária... No que o rei se transformara ao acreditar que para tudo havia um preço? Ao negar a existência de um ciclo de nascimento, vida e morte?

Estremeceu. A dor da perda reencontrou-o após vinte anos. E o sofrimento, tão intenso quanto antes, atingiu- o sem piedade. Ele pensou na criança que agonizara em seus braços. Dos olhos infantis que haviam implorado por uma segunda chance...

— Não posso enganar a natureza — admitiu, aceitando pela primeira vez um poder que não lhe pertencia. E, ao alcançar a porta, gritou para a rainha — Deseja que eu nunca tenha conhecido o agiota!

O choro da ama despertou o rei. Como desejara, ele havia retornado ao passado, vinte anos antes de sua primeira visita ao pântano. De joelhos ao lado do berço do príncipe, no castelo, ele enfrentou a morte. E ela estava ali, levando seu menininho para longe, afastando para sempre a oportunidade de vê-lo crescer, atravessar a adolescência, ser o guerreiro nato e invencível que tanto orgulho iria lhe trazer.

O rei permitiu que as lágrimas invadissem seu rosto. E continuou chorando muito por vários meses, sem vontade de continuar existindo. O reino foi tocando sozinho a própria rotina. Enfrentou um excelente período de fartura e riqueza, mas isto não despertou a ganância do rei pelas terras da vizinhança. Apenas trouxe um pouco de alegria a um coração triste. O povo vivia bem, tinha esperança no futuro e a crença de que seu rei reencontraria a felicidade em alguma esquina do caminho.

Em uma serena manhã de primavera, dezessete anos após a morte do herdeiro, o rei ouviu gritos de socorro. Caminhava sozinho, sem a companhia de sua guarda pessoal, em algum trecho de uma trilha de terra que passava pela floresta do reino vizinho.

Preocupado, foi descobrir o que estava acontecendo. Encontrou o vizinho, o outro rei, atacando uma delicada jovem de vestido prateado, que jogara sobre a relva. Ele já rasgara parte do vestido e se preparava para possuí-la. Indignado, o rei resolveu interferir. Não estava em suas terras, é verdade, só que jamais permitiria um ato brutal como aquele contra uma mulher indefesa.

Ele usou o punho da espada para golpear o vizinho que, pego desprevenido, acabou rolando para longe. A jovem de vestido prateado se levantou no mesmo instante. Ela... Ela possuía frágeis asas transparentes presas às costas! Admirado, o rei não pôde evitar que seu queixo caísse de puro êxtase. Nunca vira uma fada antes.

— Tu és um tonto! — reclamou o vizinho, puxando para cima a calça comprida que escorregara para os joelhos. — Não sabes o que dizem sobre as fadas?

— E o que dizem? — perguntou o rei.

— Se tu possuíres uma fada, ela perderá as asas e se transformará na mais sedutora das mulheres. E será tua escrava para sempre!

O rei analisou melhor quem acabara de salvar. Era uma garota de cabelos dourados, que o fitava bastante assustada. Em poucos anos, ela seria a mais sedutora das mulheres, aquela que uma vez o próprio rei também cobiçara.

— A rainha... — reconheceu.

— Sim, é no que quero transformá-la! — retrucou o vizinho. — Na minha rainha! Agora, se me dás licença, volta logo para tuas terras e me deixa resolver sozinho o meu assunto...

— Não.

— Não? Tu estás no meu reino e...

— Isto não te dá o direito de dominar uma mulher. Agora, fada, é melhor partires...

Ela sorriu e, com um suave movimento de asas, desapareceu no ar. Claro que os dois lutaram, que o vizinho usou a preciosa espada de punho de esmeraldas para tentar matar o outro homem. Tudo, porém, acabou como deveria acabar: uma simples briga entre vizinhos.

Tempos mais tarde, o rei soube que o vizinho, após criar juízo, casou-se com uma jovem e belíssima princesa de olhos puxados, numa vantajosa aliança política com um distante reino do oriente.

E a vida continuou, tranquila, sem novidades. Até a noite em que o rei, solitário como de costume em seu leito, recebeu uma visita inesperada. Com um sorriso lindo, a fada, agora uma mulher adulta, entregou-se livremente, como deveria ser. E ele a tornou sua rainha, como deveria ser. O primeiro filho do casal nasceu na primavera seguinte, o herdeiro que retornava aos braços do pai.

O renascimento que surge após a morte, parte de um ciclo infinito e sábio.

Como deve ser.

Apêndice

Optei por incluir neste livro uma tradução da primeira versão do texto original de *Pequena Branca de Neve,* dos Irmãos Grimm.

Jacob e Wilhelm Grimm foram dois alemães, nascidos entre 1785 e 1786, que ficaram famosos ao se dedicarem ao estudo e registro folcórico de lendas germânicas oriundas da tradição da narrativa oral, quando se depararam com a fantasia e com o mundo mítico da era mevieval; e também por sua imensa contribuição ao idioma natal, com *O Grande Dicionário Alemão — Deutsches Wörterbuch.*

Entre 1810 e 1811, Jacob e Wilhelm publicaram trabalhos autorais e só em 1812 que eles se encontram como os famosos Irmãos Grimm, com seu primeiro trabalho em comum sobre o *Hildebrandslied* e o *Wessobruner Gebet,* seguida pela primeira coletânea, *Contos da Criança e do Lar* (*Kinder und Hausmärchen*), com tiragem de 900 exemplares, que apresentou grandes clássicos que foram adaptados e revisitados ao gosto da narrativa moderna, tais como *Cinderela, João e Maria, Rapunzel, Chapeuzinho Vermelho, A Bela Adormecida, Branca de Neve* e outros.

Este conto possui uma literatura ímpar, portanto, difere bastante do tom adotado na narrativa moderna, trabalhando com um núcleo dramático (típico do conto), reiteração de fatos e repetição de elementos na composição de um clímax narrativo. Foge, assim, da estrutura comum às fábulas e contos-de-fadas os quais estamos acostumados. Procurei conservar a estrutura das frases, com especial atenção à semântica, onde limitei considerávelmente minha liberdade poética e narrativa em prol da fidelidade.

A fábula da *Branca de Neve* possui inúmeras versões, e já fazia parte da tradição oral germânica quando foi compilada pelos Grimm. Os irmãos reescreveram sua própria compilação; na segunda versão, nota-se uma tendência de adaptar a história para o público infantil — a figura da mãe invejosa é substituída por uma madrasta, e o pedaço de maçã é cuspido já durante o transporte de seu caixão até o palácio do príncipe. Em versões posteriores aos Grimm, a Raínha, por descuido, pica seu dedo enquanto costura. No texto original não sugere-se que este ato não seja espontâneo, talvez como símbolo de feitiçaria, pois, logo em seguida, a Raínha engravida tal qual seu desejo.

Uma história emblemática e de importância tão respeitada que foi escolhida como base para o primeiro longa-metragem da Walt Disney Pictures, lançado em 1937, e que arrebatou um Oscar Honorário.

Com mensagens humanitárias, enfatizando a batalha do bem contra o mal, a recompensa do herói e a punição do malfeitor, e sensibilidade ao lidar com a violência (apenas sugerida), os irmãos Grimm difundiram fábulas que viriam a cativar e alimentar o imaginário coletivo através dos séculos.

A Pequena Branca de Neve

Jacob & Wilhelm Grimm

Era uma vez, nos meados do inverno, quando flocos de neve caíam como penas do céu, uma linda Rainha que sentou na beirada de sua janela para costurar, em um batente de madeira de ébano. Com doçura, ela olhou para fora, picou seu dedo com uma agulha e três gotas de sangue caíram na neve. O vermelho no branco parecia tão lindo que ela pensou: "como gostaria de ter uma criança branca como a neve, vermelha como o sangue e negra como o ébano". Algum tempo depois ela teve uma filha que tinha pele branca como a neve, lábios vermelhos como o sangue e cabelos e olhos negros como o ébano, e, portanto, foi chamada de Branca de Neve.

A Rainha era a mulher mais bonita em toda a terra e muito vaidosa. Ela tinha um espelho mágico onde se olhava todas as manhãs e perguntava:

— Espelho, espelho meu, há na terra alguém mais bela do que eu?

E o espelho sempre respondia:

— Você, minha Rainha, é a mais bela de todos.

Em seguida ela tinha a certeza de que ninguém no mundo superava sua beleza.

Quando Branca de Neve atingiu sete anos de idade, ela era tão bonita que superou até mesmo a Rainha.

Então, quando a mãe consultou o espelho, ele disse:

— Você, minha Rainha, é bela, é verdade. Mas a pequena Branca de Neve é mil vezes mais bela que você.

Quando a rainha ouviu o espelho, ficou pálida de inveja e odiou sua filha. Sempre que a olhava, pensava que a menina era a culpa de ela já não ser a mulher mais bonita do mundo. Isso revirou seu coração. Seu ciúme deixou-lhe sem paz até que finalmente convocou um caçador e disse:

— Leve Branca de Neve para a floresta, para um local remoto, e a apunhale até sua morte. Como prova, traga seus pulmões e seu fígado para mim. Vou cozinhá-los com sal e comê-los.

O caçador levou Branca de Neve para a floresta, mas quando empunhou sua faca para atacá-la, a garota desatou a chorar e implorou para ser poupada, prometendo correr para longe e nunca mais voltar. O caçador teve pena da menina porque ela era muito bonita e pensou: "os animais selvagens vão devorá-la, de qualquer forma. Estou satisfeito que não tenha que matá-la". Então viu um jovem javali passando por eles. O matou, retirou pulmões e fígado e levou-os de volta à rainha como prova da morte da Branca de Neve. Ela os cozinhou e comeu-os com sal, supondo serem da sua bela filha.

Branca de Neve agora estava sozinha naquela grande floresta. Sentiu um medo terrível e começou a correr. Correu sobre pedras afiadas e espinhos o dia inteiro. Finalmente, quando o sol estava para se pôr, encontrou uma pequena casa que pertencia a sete anões. Eles estavam fora, trabalhando em uma mina. Branca de Neve entrou na casinha e viu que tudo era pequeno, mas limpo e organizado. Havia uma pequena mesa com sete pequenos pratos, sete pequenas colheres, sete pequenas facas e garfos, sete pequenas canecas, e contra a parede havia sete camas pequenas, tudo recém arrumado.

Branca de Neve estava faminta, então comeu frutas e um pouco do pão de cada prato e bebeu uma gota do vinho de cada copo. Por estar tão cansada, ela queria deitar-se. Então experimentou cada uma das camas, mas nenhuma estava confortável, até que na sétima ela se ajeitou e adormeceu.

Quando a noite chegou, os sete anões voltaram do trabalho. Eles acenderam suas sete velas e notaram que alguém estivera em sua casa.

—Quem sentou na minha cadeira? —Disse o primeiro.

— Quem comeu do meu prato? — Perguntou outro.

— Quem mordeu meu pão? — Um terceiro.

— Quem comeu meus legumes? — Um quarto.

— Quem sujou meu garfo? — Um quinto.

— Quem cortou com a minha faca? — Um sexto.

— Quem bebeu da minha caneca? — Um sétimo.

Então, o primeiro disse:

— Quem pisou na minha cama?

E assim por diante até o sétimo, que quando olhou para sua cama, encontrou Branca de Neve deitada, adormecida. Todos os sete anões vieram correndo e gritaram com espanto. Depois buscaram suas velas e olharam para a menina.

— Meu Deus! Meu Deus! — gritaram.

— Ela é tão bonita! — Eles gostaram dela e a deixaram dormindo. O sétimo anão teve que dormir com seus companheiros, uma hora com cada um, e, assim, a noite acabou.

Quando acordaram Branca de Neve, perguntaram quem ela era e como havia encontrado o caminho para a casa deles. Ela contou como sua mãe tentou matá-la, como o caçador a havia poupado, e que correra o dia inteiro, finalmente chegando na casa dos anões. Eles tiveram piedade dela e disseram:

— Se você mantiver a casa arrumada e cozinhar, costurar, fizer as camas, lavar, tricotar e mantiver tudo limpo e em ordem, então pode ficar aqui, e terá tudo o que precisar. Nós chegamos em casa à noite e a ceia deve estar posta. Passamos os dias cavando ouro na mina. Você vai ficar sozinha em seguida. Atente para a Rainha e não deixe ninguém entrar.

A rainha pensou que voltara a ser a mais bonita, e na manhã seguinte olhou-se no espelho e perguntou:

— Espelho, espelho meu, há na terra alguém mais bela do que eu?

O espelho mais uma vez respondeu:

— Você, minha rainha, é bela; é verdade. Mas a pequena Branca de Neve, além das sete montanhas, é mil vezes mais bela que você.

Ela ficou surpresa ao ouvir isso e sabia que fora enganada, que o caçador não tinha matado a Branca de Neve. Porque apenas sete anões viviam nas sete montanhas, e imaginou que eles deviam tê-la resgatado. Começou imediatamente a planejar como poderia matá-la, porque não teria paz alguma até que o espelho mais uma vez dissesse que ela era a mulher mais bonita do mundo. Finalmente pensou em alguma coisa para fazer...

Ela própria, disfarçando-se de uma velha mascate e colorindo seu rosto para que não a reconhecessem, foi para a casa dos anões. Bateu na porta e chamou:

— Abra, abra. Eu sou a velha mascate e tenho bons biscoitos para venda.

Branca de Neve olhou pela janela:

— O que você tem?

— Corpete de rendas, querida filha — disse a velha mulher, mostrando a peça. Ele foi trançado com seda amarela, vermelha e azul. Você gostaria de ficar com este?

— Oh, sim — disse Branca de Neve, pensando: "eu posso deixar esta senhora entrar. Ela é boa, sem dúvida". Então abriu a porta e negociou os corpetes à venda.

—Você não está amarrando corretamente — disse a mulher. — Venha aqui, eu vou fazer isso melhor.

Branca de Neve parou na sua frente e ela tomou conta dos cordões puxando-os de forma tão apertada que a menina não podia respirar, e ela desmaiou como se estivesse morta. Em seguida, a velha sentiu-se satisfeita e foi embora.

O crepúsculo chegou logo e os anões voltaram para casa. Eles ficaram horrorizados ao encontrar sua querida Branca de Neve deitada no chão. Então cortaram os cordões do corpete em dois e, em seguida, ela pôde respirar e foi reanimada.

—Deve ter sido a Rainha que tentou matá-la— disseram.

—Tome cuidado e não deixe ninguém entrar novamente.

A rainha perguntou ao espelho:

— Espelho, espelho meu, há na terra alguém mais bela do que eu?

O espelho mais uma vez respondeu:

— Você, minha rainha, é bela; é verdade. Mas a pequena Branca de Neve, com os sete anões, é mil vezes mais bela que você.

Ela ficou tão apavorada que todo seu sangue correu para o coração, pois ela sabia que a Branca de Neve tinha voltado à vida. Imediatamente, por um dia e uma noite inteira, ela planejou como poderia pegá-la. Fez um pente envenenado e saiu novamente, com um novo disfarce. Bateu na porta mas Branca de Neve disse:

— Eu não estou autorizada a deixar ninguém entrar. —Então ela mostrou um pente e quando a menina viu como o objeto reluzia e observou que a mulher era uma completa estranha, abriu a porta e comprou o produto.

— Venha cá, deixe-me penteá-la — disse a nova mascate.

Ela mal prendera o pente em seu cabelo e antes que Branca de Neve sentisse, já caiu morta.

— Isso irá mantê-la deitada aqui — disse a Rainha e seguiu para seu castelo com um coração iluminado.

Os anões chegaram em casa e viram o que tinha acontecido. Puxaram o pente envenenado de seu cabelo, Branca de Neve abriu os olhos e voltou à vida. Prometeu aos anões que não atenderia ninguém novamente.

A Rainha parou diante do seu espelho:

— Espelho, espelho meu, há na terra alguém mais bela do que eu?

O espelho respondeu:

— Você, minha rainha, é bela; é verdade. Mas a pequena Branca de Neve, com os sete anões, é mil vezes mais bela que você.

Quando a rainha ouviu isso, ela balançou, estremeceu de raiva e pensou: "Branca de Neve vai morrer, nem que custe a minha vida!". Em seguida ela entrou no seu quarto mais secreto — onde ninguém era permitido — e criou um veneno, uma maçã envenenada. Sua aparência era vermelha e bonita, quem a visse a desejaria. Então, ela própria, disfarçada de camponesa, foi até a casa dos anões e bateu à porta.

Branca de Neve olhou para fora e disse:

— Eu não estou autorizada a deixar ninguém entrar.

— Se você não quiser, eu não posso forçá-la — disse a camponesa — Estou vendendo essas maçãs e vou lhe dar uma para provar.

— Não, eu não posso aceitar qualquer coisa, os anões não querem que você me dê.

— Se você está com medo, então vou cortar a maçã em dois pedaços e comer metade dela. Aqui, você come a outra metade com a bela face vermelha.

Agora a maçã tinha sido tão artisticamente criada que só a face vermelha estava envenenada. Quando Branca de Neve viu que a mulher comia a outra metade, seu desejo ficou mais forte, então ela finalmente deixou a camponesa lhe entregar parte da maçã através da janela. Ela hesitou em ingerir aquilo, mas mal mordeu a maça e já sentiu o chão, morta.

A Rainha ficou feliz, foi para casa e perguntou ao seu espelho:

— Espelho, espelho meu, há na terra alguém mais bela do que eu?

E ele respondeu:

— Você, minha rainha, é mais bela de todos.

— Agora terei alguma paz, porque mais uma vez eu sou a mulher mais bonita na terra. Branca de Neve permanece morta neste momento.

Nessa noite os anões voltaram para a casa e encontraram a Branca de Neve. Eles afrouxaram suas rendas e procuraram em seu cabelo por algo venenoso, mas nada ajudou. Eles não poderiam trazê-la de volta à vida. Então eles a acomodaram sobre um *bier** sentaram-se junto dela e choraram e choraram por três dias. Quando foram enterrá-la, notaram que ela permanecia fresca. Não parecia uma pessoa morta, e ainda mantinha seu belo rosto corado. Eles fizeram um caixão de vidro e a colocaram dentro, para que fosse vista facilmente. Escreveram seu nome e de seus antepassados em letras de ouro e um deles sempre ficava em casa e mantinha sua atenção sobre ela.

Branca de Neve, em seu caixão de vidro, por um longo tempo não deteriorou. Ela ainda era tão branca como a neve, lábios vermelhos como sangue e se ainda pudesse abrir os olhos eles seriam negros como madeira de ébano. Ficava ali como se apenas dormisse.

Um dia, um jovem príncipe foi à casa dos anões a procura de abrigo por uma noite. Quando entrou no salão e viu Branca de Neve deitada no caixão de vidro, tão ricamente iluminado pelas sete velas, se admirou com sua beleza. Lendo a inscrição notou que ela era filha de reis e pediu aos anões que lhe vendessem o caixão com Branca de Neve. Mas eles não fariam isso por qualquer quantidade de ouro. Em seguida perguntou se eles não a dariam a ele, pois não poderia mais viver sem admirá-la, e prometeu honrá-la como sua mais querida coisa na terra. Então os anões tiveram piedade e lhe deram o caixão.

O Príncipe a carregou para seu castelo e a colocou em uma sala onde ele esperou por todo o dia, nunca tirando seus olhos dela. Sempre que tinha que deixar o aposento e era impossibilitado de vê-la, ganhava um aspecto triste; e não podia

*Armação com rodas utilizada para carregar caixões.

comer ou dar uma única mordida a menos que o caixão estivesse próximo. Agora os servos precisavam carregar o caixão para lá e para cá e ficavam zangados com isso. Uma vez um deles o abriu, levantando Branca de Neve, ereta, e disse:

— Nós somos atormentados durante todo longo dia, apenas por causa de uma menina morta — E ele bateu nela com as costas de sua mão. Em seguida, o terrível pedaço de maçã que ela tinha mordido saiu de sua garganta e Branca de Neve voltou à vida.

Ela caminhou até o Príncipe, que estava fora de si, alegre por ver sua amada Branca de Neve viva. Eles sentaram-se à mesa juntos e comeram com alegria.

Seu casamento foi marcado para o dia seguinte e a ímpia mãe da Branca de Neve também foi convidada. Naquela manhã ela parou na frente do espelho e disse:

— Espelho, espelho meu, há na terra alguém mais bela do que eu?

O espelho mais uma vez respondeu:

— Você, minha Rainha, é bela; é verdade. Mas a jovem Rainha é mil vezes mais bela que você.

Ela ficou horrorizada ao ouvir isso e passada de medo por não poder dizer nada. Ainda assim, seu ciúme a fez ir para o casamento da jovem. Quando ela chegou, viu que era a Branca de Neve. Em seguida eles colocaram um par de sapatos de ferro no fogo até que eles brilhassem, e ela teve que colocá-los e dançar com eles. Seus pés foram terrivelmente queimados e não pôde parar, dançando até a morte.

Sobre os Autores

Alícia Azevedo | *Ouroboros*
Nascida no Rio de Janeiro, RJ, em 1979, reside atualmente em Petrópolis, RJ. Formada em filosofia pela UERJ, é pós-graduada em Publishing Management pela FGV e é professora da Secretaria de Educação do Estado do Rio de Janeiro. Publicou nas antologias *FC do B – 2008/2009* (Tarja Editorial), *Insanas* e *Sociedade das Sombras* (Estronho) e *Sagas Volume 2 – Estranho Oeste* (Argonautas), entre outras. Está organizando a antologia *2013 – Ano Um* (Ornitorrinco).

Andrio JR Santos | *Elegan*
Nascido no município de Cruz Alta, RS, em 1989. Começou a escrever poesias por hobby, mas decidiu expandir suas habilidades para trabalhar com tipos variados de texto. Cursa Jornalismo, e já trabalhou como repórter e redator. Participou da elaboração de diversos artigos universitários que foram apresentados em seminários locais, estaduais e internacionais. Esta é sua primeira publicação.

Antônio Augusto Fonseca Jr. | *Uma Guerra e Três Traições*
Nascido em Itaúna, MG, em 1980, o que significa que é daqueles mineiros que fala *uai* e ainda puxa um pouco o "r".

Não perdeu o sotaque mesmo depois de quinze anos morando em Belo Horizonte. Formou-se em farmácia na Universidade Federal de Minas Gerais, onde também fez mestrado e doutorado. Durante esses anos publicou romances, livros de RPG, artigos e contos em revistas especializadas sob o pseudônimo de Shaftiel. Entre suas obras literárias estão os romances *Entre Anjos e Demônios* (2001), *Assassino de Almas* (2001), *Busca por Sangue* (2003), *Príncipe da Destruição* (2004), *A Marcha dos Dez Mil: Sangue e Glória* (2007), *Benção do Inimigo* (2008) e os livros de RPG *Jyhad: Guerra Santa* (2004), *Abismo* (2006) e *Vikings* (2007), todos pela Editora Daemon.

Bruno Schlatter | *Servo Fiel*
Nascido em Porto Alegre, RS, em 1984. É historiador formado pela Universidade Federal do Rio Grande do Sul e especialista em História do Brasil Contemporâneo pela Faculdade Porto-Alegrense. Possui textos publicados na antologia *Anno Domini – Manuscritos Medievais* (Editora Andross, 2006) e na edição portuguesa do *Almanaque do Dr. Thackery T. Lambshead de Doenças Excêntricas e Desacreditadas* (Editora Saída de Emergência, 2010). Mais sobre seu trabalho em http://rodapedohorizonte.wordpress.com.

Christian David | *O filho do Açougueiro*
Nascido em Porto Alegre, RS, em 1972. Formado em Ciências Biológicas pela UFRGS. Autor dos livros *O rei e o camaleão* (Fumproarte, 2006) e *Mão dupla* (Artes e Ofícios, 2008), e co-autor do livro *Estranho Oeste – Sagas Vol. 2*

(Argonautas, 2011). Participou das antologias *Histórias de trabalho* (da Prefeitura de Porto Alegre, 2009), *Invasão* (Giz Editorial, 2009), *Draculea: o livro secreto dos vampiros* (All Print, 2009), *Metamorfose: a fúria dos lobisomens* (All Print, 2009), *Moedas para o barqueiro* (Andross, 2010) e *Histórias Fantásticas Vol. 1* (Cidadela Editorial/Estronho, 2010). Tem participado de mesas-redondas abordando a literatura infantojuvenil e de encontros com alunos em escolas do Rio Grande do Sul.

DANIEL L. WERNECK | *A Noite dos Quatro Imperadores*
Nascido em Belo Horizonte, MG, em uma noite chuvosa de 1979. Mestre em Cinema de Animação pela Escola de Belas Artes da UFMG, atualmente é professor dessa mesma escola, onde leciona disciplinas sobre história da animação, roteiro, narrativas gráficas e animação em *stop motion*.

FERNANDO SALVATERRA | *Cálculo da Criação*
Nascido em março de 1984 em Arapongas, PR. Vive em Cotia, SP. É designer gráfico, mas lida com histórias que precisam ser contadas desde a infância. Tem contos publicados nas antologias: *VI Prêmio Literário Livraria Asabeça* (Scortecci, 2007); *E-Contos* (Ficções Editora, 2010); *Histórias Fantásticas V2* (Cidadela Editorial, 2011) e *Extraneus V3 – Em Nome de Deus* (Estronho, 2011).

HELENA GOMES | *Agiota*
Nascida em Santos, SP, em 1966. É jornalista, professora universitária e autora dos livros de ficção *Kimaera – Dois*

mundos (Jambô), *Assassinato na Biblioteca, Lobo Alpha, Código Criatura* e *Nanquim – Memórias de um cachorro da Pet Terapia,* além da saga *A Caverna de Cristais.* É coautora da não-ficção *Memórias da Hotelaria Santista.* Publica contos em sites, antologias e revistas.

Kathia Brienza | *O voo do pássaro*

Nasceu em Santos, SP, em 1964. Escritora, Mestre em Letras, trabalha atualmente como funcionária pública federal. Participou das antologias *Poe – 200 anos* (All Print Editora, 2010) e de *Tratado Secreto de Magia (2010), Dimensões.BR (2009), Anno Domini – Manuscritos Medievais (2008)* e *O Livro Negro dos Vampiros* (Editora Andross, 2007). Publicou o romance *Olhos de Fogo,* em parceria com Helena Gomes (Escrita Fina Edições, 2010).

Madô Martins | *Olhos de Pedra*

Nascida em Santos, SP, em 1948. Jornalista, atuou em diversos diários, como repórter e redatora, e na Prefeitura de Santos, como assessora de imprensa. Tem 9 livros publicados: *Doce Destino* (poesia,1999, Massao Ohno Editor), *Paixão e Morte* (contos, 2000, publicação da autora), *Pensando em Verso* (infantil, 2001, EditorAção), *O Jacaré da Lagoa* (infantil, 2004, edição da autora), *Alfabeto do Vento* (haicais, 2004, da autora), *Uma vez em 2287* (contos, 2006, Quártica Editora), *Três Meses no Japão* (crônicas, 2008, Editora Comunnicar), *Voo de Borboleta* (crônicas, 2009, Editora Leopoldianum) e *Avesso* (romance, 2011, Clube de Autores). É cronista do jornal *A Tribuna,* de Santos.

MARCO RIGOBELLI | *Chamado a Razão e Maldição*

Nascido em São Paulo, SP, em 1988. Roteirista e redator com trabalhos realizados para o Instituto Pró-Queimados, Atento, além de empresas de publicidade. Colabora também com sites como Puropop e no podcast Radiobla. Esta é sua primeira publicação.

MARIA APPARECIDA S. COQUEMALA | *No Prado*

Professora de Língua e Literatura Portuguesa, especializada em Linguística. Colunista de *O Guarani*, jornal de Itararé, SP, onde reside. Autora das coletâneas de contos curtos *Círculo Vicioso* (Edicon-Editora e Consultoria Ltda, 2004), *O Último Desejo* (All Print Editora, 2004), *Além dos Sentidos* (All Print Editora, 2007), *Flashes* (All Print Editora, 2010) e *À Espera*, esta última prêmio do Concurso de Contos do jornal A União, *Suplemento Correio das Artes* do Governo do Estado da Paraíba, 2010.

MARLON TESKE | *O Caldeirão de Aqueronte*

Marlon Teske é catarinense de Timbó, nascido em 1983. Bacharel em Administração Financeira e entusiasta da literatura de fantasia, foi co-autor do *Manual do Aventureiro Alpha* (2009) e um dos autores da antologia *Crônicas da Tormenta* (2011), ambos pela Jambô. Costuma se envolver em mais projetos do que é capaz de realizar, o que invariavelmente causa um atraso constante em tudo o que se propõe a fazer.

RAPHAEL DRACCON | *Aldeia dos Sopros*

Raphael Draccon é roteirista e autor de literatura fantástica contemporânea, ficção de horror e romances sobrenaturais. É o autor mais jovem a assinar com os braços nacionais de duas das maiores *holdings* editoriais do mundo, e roteirista premiado pela *American Screenwriter Association*.

Rosana Rios | *Prefaciadora*

Rosana Rios dedica-se à literatura fantástica e publicou mais de 115 obras em 23 anos de carreira. Trabalhou como roteirista de TV e quadrinhos e recebeu vários prêmios literários. Tem atuado na área de promoção da leitura, realizando palestras e oficinas pelo Brasil afora. Em São Paulo, cidade em que nasceu e vive com a família, mantém uma biblioteca e uma gibiteca, e também cria dragões numa masmorra. Mantém uma coluna sobre literatura fantástica no site Valinor (www.valinor. com.br). Mais informações sobre a autora no site www.segredodaspedras.com e nos blogs: http://rosana-rios.blogspot.com, http://rosanariosliterature.blogspot.com e http://sangue-de-lobo.blogspot.com.

Caminhos Fantásticos foi composto
na tipologia Cochin, em corpo 10/14, e impresso
em papel offset 75g/m².